그대,
　바람에 스치다

그대, 바람에 스치다

첫판 1쇄 펴낸날 2013년 11월 18일
첫판 2쇄 펴낸날 2014년 12월 8일

지은이ㅣ이경은
펴낸이ㅣ박남희

종이ㅣ화인페이퍼
인쇄ㅣ청아문화사
제본ㅣ정민제본

펴낸곳ㅣ(주)뮤진트리
출판등록ㅣ2007년 11월 28일 제318-2007-000130호
주소ㅣ서울시 영등포구 양평동 2가 37-2 양평빌딩 301호
전화ㅣ(02)2676-7117 팩스ㅣ(02)2676-5261
E-mailㅣgeist6@hanmail.net

ISBN 978-89-94015-61-3 03810

그대,
바람에 스치다

이경은

mujintree
뮤진트리

차례

그대, 바람에 스치다

그곳에 가면 그리운 사람들이 있을까

오래된 골목에는 무슨 이야기가 있을까

창문을 열어 바람의 찬 기운을 맞는다.
바람의 언어들이 저 깊은 심연의 바다로 가라앉고,
그 밀어密語들은 내 가슴을 휘돌아 설렁거리게 한다.
허나 실은 바람은 제 혼자 부는 것이고, 나는 그 바람 속에 서 있다.

아무 이유가 없다

몽환夢幻

새벽에 눈이 떠졌다.

소주蘇州의 한 호텔방에서 잠을 이루지 못하고 이리저리 뒤척이다 창가로 다가갔다. 나는 무언가에 이끌리기라도 하듯 우두커니 서서 창 밖을 내려다보았다. 새벽의 거리는 옅은 안개로 채워져 있다. 그 안개가 3층 호텔방 창문 틈으로 스며들더니 어느새 내 몸에 묻어나고, 가슴 언저리까지 흘러 들어온다.

"이런…." 움찔했다.

자전거 한 대가 지나간다.

중국인 특유의 무채색 옷 색깔이 안개가 있는 풍경에 적절하다는 생각을 하며, 창문을 조금 열었다. 아침 공기에 코끝이 매캐하다.

이번엔 자전거를 탄 사내가 거리 한 복판에 와서 멈춘다.

왜 그러지 싶어 자세히 보니 두부를 사 가지고 간다. 아, 저 곳에 두부 장수가 있었구나. 아침 장을 보러 이른 새벽에 나온, 아침을 요리하는 중국인 남정네들. 두부를 사 가지고 가다가 채소도 한 단 사서 프라이팬에 슬쩍 볶거나 마파두부라도 만들어 조촐한 아침밥상을 차리는 걸까, 하는 생각을 하며 오고가는 사람들을 무심히 바라보았다. 한참 동안 그 풍경을 만지작거렸다.

그런데 갑자기 눈가가 따끔거린다. 뭔지 모를 느낌이 가슴 저 밑바닥을 툭 하니 치고 가더니, 때도 없이 눈물이 흐르기 시작한다. 가슴이 뻐근할 만큼 아파온다. 아무런 연고도 없는 남의 땅에 와서…, 참 별일이다.

여행에서 돌아와 동생에게 이런 이야기를 했더니 뭔가 알 듯 하다며 고개를 끄덕였다. 전생에 내가 거기에 살았는데 이생에서 맺지 못할 슬픈 사랑을 했거나 아마 가슴 절절하게 아픈 이별을 한 게 분명하다는 것이다. 그래서 그 광경을 보고 그리도 가슴이 아팠던 거고, 그런 전생의 인연으로 중국어를 전공하게 된 건지도 모른다며 한 편의 소설을 신나게 써댔다. 그럴 듯하게 들렸다.

순간 까마득한 기억의 한 티끌이 영원 저 바깥을 넘어 내게로 다가왔다고 믿고 싶을 정도였다. 그저 감상에 젖은 것으로 하기가 왠지 아까웠다.

　하늘에는 천당이 있고, 땅에는 소주와 항주가 있으며, '동양의 베니스'라는 별칭을 가지고 있는 유명한 물의 도시 그 한 복판에 내가 들어 있었다. 뭉클한 새벽안개와 자전거, 두부 사러 나온 남자들, 그리고 여행객의 여수旅愁…, 한 폭의 멋진 그림이었다.

열정熱情

개포동 큰 길가였다. 날이 더운 탓인지 그 거리가 원래 그런지 사람이 드물었다. 그 허전한 도로 사이로 바람이 불었다. 크고 거친 바람이 마구 불어댔다. 머리카락이 길게 휘날렸고, 길가의 플라타너스 나뭇잎들이 흔들렸다. 가지 끝에 불안하게 매달려 있던 나뭇잎들이 후드득 땅에 닿았다. 채 닿지 못한 몇 개의 잎들이 내 얼굴 위로 떨어지기도 했다.

　바람이 이렇게 세차게 부니 좀 있다가 비가 내리리라. 늦기 전에 집으로 가야지, 하고 버스를 기다렸다. 좀 전에 들은 불교 원리가 머릿속에 그득했다. 약 처방 문만 한글로, 한자로, 영어로 어렵게 읽고 일일이 해석하지 말고, 약을 제대로 먹어야 한다는 말이 기억에 고스란히 남아 있었다. 뭘 알면서 믿어야지, 무조건 믿는 것은 진정한 모습이 아니라며 열심히 공부를 하라는 엄한 가르침도 있었다. 모자란 그릇이라 나는 언제나 속이 부글거렸다.

　그 사이에도 바람은 멈추지 않았다. 바람이 스쳐간 자리에 알 수 없는 슬픔이 뭉글뭉글 들어서고 있었다. 순간 나의 삶이 지나가는 소리가 들렸던가.

'바늘 끝 만하던 가슴의 구멍이 점점 커지기 전에 버스는 와야 한다. 아니 영원히 버스가 오지 않았으면….'

그때 나는 아직 가슴이 때때로 뜨거워지는 30대 후반이었다.

습慣과 때

젊은 학생들과 'Short Story'반을 수강했다. 말 그대로 짧은 이야기였지만 결코 만만치 않은 구성과 주제가 들어있는 이야기들이다. 지금은 모르겠지만 한때 영국에는 이런 책들을 읽는 작은 클럽들이 많았다고 한다. 나는 그 시절을 떠올리며 수강 신청을 했고, 되지도 않는 짧은 영어로 제법 진지하게 이야기를 나누었다.

그런데 몇 달을 같이 공부하다가 문득 깨달았다. 젊은이들은 아무리 말도 안 되는 사건이라도 책의 내용을 있는 그대로 받아들이는데, 나는 매번 뭔가 의미를 찾고 있다는 것을…. 그것이 문학적 의미이든 인생의 뜻이든 깊게 숨어있는 보물 같은 의미를 찾아내느라 작품 속에 코를 박았다.

그렇게 단순할 리가 없다.

게다가 환상성이 느껴질 만큼 무책임한 구성이나 결말이 나오면 황당한 느낌도 적지 않게 들었다. 더욱이 세대차를 느끼게 하는 의견들이 나올 때면 그들의 사고가 영 쉽게 받아들여지지 않았다. 저들도 나를 보고 답답하게 생각했겠지만, 나도 그들의 사유의 폭과 깊이가 좁게 느껴져 답답했고 불만스러웠다. 그럴 때마다 혼자서 속으로 '에휴, 니들이 인생을 뭘 알아. 결혼도 안 했고 아이도 낳아보질 못했으면서…. 좀 더 살아 봐.' 하며 혼자서 중얼거리곤 했다.

그러다 뒤늦게 알아챘다.

글의 주제를 꼭 찾아내고자 하는 주제 과욕증, 항상 그 의미보다 더 넓고 깊게 확대하려는 의미 확대증, 상징에 대한 심층 탐구증, 작가가 말하고자 하는 숨은 뜻을 알아내고 싶은 숨은 그림 찾기증, 문장의 격을 따지고 드는 문장 귀족증에다 철학 사유증. 아, 고질병이다. 나도 모르게 몸에 밴 심각한 습쩔이다.

어쩌다 그렇게 됐는지, 그냥 있는 그대로 단순하게 받아들이면 될 걸…. 좀 거칠거나 모자라거나 말이 안 되는 것 같아도 시간이 지나면 다 받아들여질 수 있는 게 세상사 아니던가. 단순하게 보고 느끼며 본래의 모습을 그대로 보는 눈을, 나는 어딘가에서 잃어버린 모양이다. 하지만 어쩌랴. 이제 문학 동네를 떠나서 다른 데로 가기도 쉽지 않으니, 이 끈적하게 달라붙어 있는 '때'를 물맞이라도 해서 씻어 내려야 할까 보다.

베토벤은 자기의 현악 4중주 악보 가운데에 다음과 같이 적었다고 한다.

"그래야만 하는가…? 그래야만 한다."

왜 그런지 알 수 없지만 그럴 수밖에 없는 일들이 있고, 아무 이유가 없는 그런 날들이 있다, 는 것을 이제와 보니 조금 알 듯도 하다.

오래된 골목

　시골에 고향이 있는 사람들을 볼 때마다 나는 애초부터 뭔가 열쇠 하나를 잃어버린 기분이 들 때가 많다. 마치 돌아갈 곳이 없는 방랑자가 바람 부는 기차역 벤치에 앉아, 저 멀리 허공에 시선을 주며 쓸쓸하게 앉아 있는 듯하다. 서울을 아무리 제 고향이라고 우겨 보아도 삶의 원천이 되는 시원始原이 내겐 아예 처음부터 존재하지 않는다는 허전한 느낌은 지울 수가 없었다. 그러다 생각이 났다. 희미한 내 의식 속에서 또렷이 떠오르는 집, 개천 옆 그 골목집.

　마장동 근처에 있던 그 집에서 어릴 적부터 초등학교 시절까지 살았다. 옛날 마장동하면 우시장으로 제법 유명한 동네였다. 나는 그 우시장이란 데를 한두 번 가보았을 뿐이지만, 할머니를 따라 간

우시장의 풍경은 어린 내 가슴 속에 진하고도 거친 상처를 남겼다.

"지금 저 소들은 죽으러 가는 거란다."

무슨 신기한 이야기라도 들려주듯 목소리를 낮추며 알려 주시던 할머니의 목소리가 지금도 귀에 윙윙거린다.

마치 자기가 죽으러 가는 것을 알기나 한 듯 고개를 푹 숙이고 기운 없이 줄줄이 걸어 들어가던 소들의 뒷모습을 보며, 아직 삶과 죽음에 대해 아무것도 몰랐던 어린 내 무의식 속에 사람과 동물의 차이라든가, 인간의 동물적인 잔인성 같은 의미들이 처음으로 새겨졌던 것 같다. 팔려가고 파는 동물들의 모습을 보면서, 이 세상 밖으로 나가면 처절한 생존의 도시가 기다리고 있다는 사실을 어렴풋이 느꼈을까. 무언가를 뚜렷이 인식할 수 있는 나이가 되기도 전에 나는 그렇게 삶의 뒷모습들에 하나씩 젖어갔다.

우리 동네는 대한통운 건물을 끼고 있었다. 한 편으로 기찻길이 있었는데, 아마 지금은 왕십리역으로 불리는 바로 그 전철역 부근인 듯하다. 어린 우리들은 대한통운이 뭐 하는 데인지 몰랐지만 놀기에 그만한 곳이 없었다. 곳곳이 창고요, 기찻길 옆엔 침목들이 쌓여 있었고, 잡다한 물건들이 가득했다. 이제는 얼굴의 윤곽도 희미해져버린 동네 아이들은 이리저리 휩쓸려 다니면서 온갖 저지레를 해댔다. 나는 숨바꼭질을 하느라 창고 속에 숨어 있다가도 이러다 혹시 밖에서 문이라도 잠기면 어쩌나, 아이들이 나를 두고 가버린다면 하는 일말의 불안감을 감출 수가 없었다. 창고란 무슨 보물들이 가득 들어 있을 것 같은 호기심을 불러일으키기도 하지만 동시에 두려움의 동굴 속으로 숨어들어 가는 묘한 이중성이 있다. 학교가 파하면 별로 할 일이 없었던 우리는 그 대한통운의 마당 안에서 하릴없이 시간을 죽였고, 넘어가는 태양 아래에서 유년의 먹먹한 순간들을 맥없이 녹여댔다. 어느 성장 소설 속에 등장할 법한 '대한통운의 키드'들은 그렇게 넘어가는 불그레한 해를 바라보며 집으로 돌아왔고, 바람 속에 자기들의 추억을 선선히 날려 보냈다.

다들 살기가 어려운 시절이었다.

젊은 시절 우리 부모는 할아버지에게 별로 인정을 받지 못했던 모양인지, 어린 눈에도 어머니의 시집살이가 고된 것 같았다. 친척 언니들이 쑥덕대는 말들을 귀동냥으로 들을 때면 싫기도 하고 가슴이 아릿했다. 새벽이면 부엌에서 달그락거리던 어머니의 밥 짓는 소리와 그릇 부딪치는 소리들을 어렴풋이 들으며, 여자로 사는 게 결코 쉽지 않은 일이구나 하고 예감했다. 잠꾸러기였던 나는 저 힘든 부엌에서 아침밥을 짓느니 차라리 '엄마'가 되지 않는 게 좋겠다는 생각도 했었다.

할아버지와 아버지는 월남 가족이다. 전쟁 후 서로 생사를 알 수 없이 몇 년을 지나다가 구사일생으로 서로의 소식을 알게 되고 그야말로 부자간에 눈물겨운 상봉을 했다. 두 남자는 어쩌다 단 둘이만 남南에 남았고, 남쪽에서 결혼을 해 다시 일가를 이루고 그 골목 집에서 함께 살았다. 하지만 새시어머니와 내 부모 사이가 그다지 편치 않았던지 결국 젖먹이 남동생만 데리고 단칸방 살림을 내는 바람에 나는 부득이 그 집에 남겨졌다. 남겨두고 가야 하는 부모의 마음도 편치 않았겠지만, 남겨진 나는 고아 아닌 고아의 심정으로 한동안을 살았다. 나를 보러 가끔 왔다가 돌아가는 아버지의 뒷모습이 고부라진 골목길에 잔영처럼 내 눈동자에 스며있다.

이름처럼 순하고, 크게 소리 내어 웃을 때면 크고 맑은 소의 눈 같았던 순희 언니. 이제는 들어보기도 어려운 '식모'라는 이름을 가슴에 붙이고 어린 나이에 남의 집에 와서 죽어라 일만 하던 순희 언니가 내겐 때로 어머니의 품보다 더 따뜻하고 다정하게 느껴졌다. 가만히 있으면 좋은 데로 시집 보내줄 텐데, 시장 길에 오가다 만난 남자하고 바람 나 저 고생을 한다며 지청구를 해대던 할머니. 아이를 포대기로 업은 모습이 어린 내 눈에도 고생을 도맡아 하는 것 같아 나는 속으로 '바보같이….' 했었다.

그와는 달리 나보다 두 살 위이지만 공부면 공부, 말이면 말, 게다가 손재주까지 좋아 언제나 뭐든지 잘 했던, 몇 집 건너 살던 혜옥 언니는 나의 멋진 롤모델이었지만 열등감을 절실하게 느끼게 해주었던 최초의 대상이다. 그녀는 내 삶의 멘토였고 몸이 약했던 내겐 든든한 배경이었다. 언제까지나 내 앞에서 나를 이끌어 줄 것만 같았는데, 그런 혜옥 언니를 평생 안보고 이렇게 잘 살아갈 수 있다는 사실을 나는 오랫동안 믿을 수 없었다.

꿈을 꿀 때마다 한참을 개천 옆 그 골목집을 꾸었다.

개천가에 무참하게 버려진 새 생명과 장난이 짓궂던 사내아이들의 작대기와 돌멩이질, 바람난 무당집 딸의 핼쑥했던 얼굴, 함박꽃 같던 순희 언니의 웃음과 언제나 어깨를 구부정하며 목재로 된 이층집을 올라가던 무능력했던 경철이 삼촌, 미니스커트 아래로 늘씬했던 두 다리가 어린 눈에도 섹시하게 느껴지더니만 결국은 집안 살리겠다고 나이든 남자의 애첩으로 들어간 골목 끝집 언니.

　이제는 이름마저 떠오르지 않지만 내 유년의 기억 속에 그들은 언제나 살 것이며, 수런거리던 그 골목길의 아이들 소리는 고스란히 남아 지금의 나를 지켜주고 있는지도 모른다.

　개천 옆 골목집이 있는, 그 오래된 골목에서 우리는 미래를 꿈꾸며 살았다.

가면의 고백

어느 여의사가 다중인격을 가진 소녀를 치료하는 영화를 본 적이 있다. 그녀는 소녀의 내면에서 18명이 넘는 인물들을 하나씩 불러내어, 그들의 가슴에 맺힌 이야기들을 들어주며 따뜻하게 어루만져 주었다. 마지막 장면에서 모두들 서로 손을 잡고 화해를 했다. 그렇게 그들을 모두 마음속에서 떠나보낸 뒤에야 소녀는 본연의 제 모습을 찾았다.

오래 전에 본 영화인데도 그 인상이 깊게 남아 있다. 나는 정신분석학에 대해선 잘 모르지만, 그렇게 많은 인격들이 그 어린 소녀의 마음속에 들어앉아 몸과 마음을 지배하고 괴롭혔다는 사실에 몸서리쳤다. 사랑받아야 할 가정에서 벌어지는 부모의 가학적인 폭력과 무신경, 열등의식으로 인한 고통과 억압으로부터 도피해 스스로를 보호하려는 마음이 그렇게 나타난 것이다. 어린 시절에 겪은 치명적인 상처가 소녀의 인생을 악마의 무거운 그림자 속으로 밀어 넣었다, 며 영화는 끝을 맺었다.

이런 경우야 좀 특별나지만 평범한 사람들도 내면에 한 두 개 정도는 서로 다른 모습이 들어 있는 게 아닐까 싶다. 그런 인격체의 다른 모습을 '가면'이란 이름으로 부른다면, 나는 한창 예민한 고등학교와 대학교 시절 이것을 많이 사용했다. 나중에는 심지어 즐겨했던 것 같기도 하다. 왜 그랬는지는 몰라도 그땐 그러는 게 편했다. 그 가면을 쓰고 밀실에서 광장으로 나아가면, 굳이 내 자신에 대해 설명을 하거나 열등감 비슷한 것으로 위축되지 않아서 좋았다. 그리곤 속으로 혼자 중얼거렸다.

'너희들은 내 모습의 겉만 보는 거야. 내 진정한 모습은 전혀 볼수 없어. 그러니까 아무리 함부로 말해도 난 상처받지 않고 괴롭지도 않아.'

하며 가면을 쓰고 세상 사람들을 만나고 돌아다녔다. 나를 세상에 드러내기도 보여주고 싶지도 않았다. 무조건 내 자신을 보호하고 방어해야 한다는 생각만이 지나치게 깊었던 것 같다. 툭 건드리기만 해도 상처받고 눈물 가득한 시절이었다.

그 만인萬人의 거리에서 돌아와 집에 들어가면 나는 가면을 벗었다. 하지만 사실 완전히 벗은 것은 아니었다. 어려운 시절이라 나만의 방을 갖는 건 사치였고, 가족은 언제나 열린 공동체였다. 그래도 반쯤 벗고 나면 제법 홀가분했다. 맨 얼굴과 맨발로 있다는 건 내 자신에게로 들어가는 출입증 같았다. 나는 지금도 일단 집에 들어오면 내 몸에 붙어 있는 것을 다 제거하고 '맨' 상태로 있다. 그러면 온 몸에서 하나의 막을 걷어내고 내 자신에게로 딱 밀착되는 기분이 든다. 그제야 제대로 된 나의 존재나 모습으로 돌아온 느낌이다.

나머지 반을 완전히 벗는 곳은 내 의식이다. 식구들이 다 나가고 혼자만의 공간에 서게 되면, 드디어 나는 숨을 쉰다. 아주 길게 푹 내쉰다. 그 의식의 공간에서 나는 무한 자유를 느끼고 무엇이든 할 수 있고, 또 될 수도 있다. 남의 시선을 느낄 필요도 남에게 시선을 줄 이유도 없다. '관계'를 생각하지 않고 자기 속으로 파고들거나 무방비 상태로 있는 편안함. 말러가 휴가 때면 달려가 세상을 잊고 작곡을 했던 그 오두막 집처럼… 사람들에게 피난처가 필요한 것은 자기 내면의 '숨'을 토해 낼 수 있어서인가.

그 내밀한 나만의 공간에서 나는, 내가 생각하는 진짜 '나'를 불러낸다. 그리고는 내가 제일 좋아하는 일들을 한다. 낮잠을 푹 자거나 음악을 듣거나, 커피를 마시며 하염없이 밖을 내다보거나, 쓸데없는 생각들을 질리도록 한다. 그러다 손가락이 근질거리면 노트북 자판을 두드리기 시작한다. 이 자판을 치는 일은 피아노 건반을 누르는 만큼의 작은 희열이 있다. 나는 톡탁거리는 소리를 내는 낡고 오래된 구형 노트북 자판을 좋아하는데, 무엇보다 손가락에 닿은 느낌이 부드럽고 소리가 가벼워 내 의식을 방해하지 않기 때문이다. 때론 시의 운율처럼 제 나름의 자판 음악을 '차르르 톡 톡…' 하며 연주도 한다. 그런 속에서 두 손을 조물락거려 만들어 내는 창작물들은 맛있는 주먹밥이다.

그런데 나이가 들면서 이런 가면들을 쓰는 일이 더 잦아졌다. 이런 저런 일들을 맡아서 하다 보니 감정을 그대로 드러내기가 쉽지 않을 때가 많다. 하지만 예전처럼 방어적이고 공격적인 가면은 아니다. 때로는 그 가면에 구멍이 숭숭 뚫릴 때도 있다. 감정을 자꾸 흘리게 된다. 학생들을 가르치거나 좋은 사람들을 만날 때 혼자 집에서 하던 짓들을 자꾸 하게 된다. 생각들을 대상화 시키거나 포장하지 않고 그대로 전달한다. 뭘 그렇게 가리고 말고 하나 싶어진다. 철이 드는지 나이를 먹어 맥이 빠진 건지…. 어쨌든 그 철옹성 같던 '가면'이 얇고 투명한 막으로 수시로 변하고 있는 게 사실이다.

전후의 허무주의적이고 탐미적인 작품들을 쓴 미시마 유끼오는 《가면의 고백》에서 가면 뒤에 숨어 있지만 그 가면 자체가 자신의 얼굴이기도 하며, 가면과 맨 낯을 구별하는 게 불가능하다고 했다. 성적 정체성에 대한 갈등과 순수한 호기심이 파괴된 욕망으로 연결되는 불안을 그렸지만, 할복자살로 이른 나이에 세상의 손을 놓아버렸기에 제행무상諸行無常의 속뜻을 헤아릴 기회를 얻지 못한 건 아닐까.

오늘, 나는 고운 가면 하나를 집어 들었다. 화장대 앞에서 화려한 화장품들로 10분이 넘게 그림을 그리고 있다. 입 꼬리를 올리며 미소도 지어 본다. 아직은 제법 볼만 하다고 생각하며 립스틱을 집어 든다.

갑자기 한 장면이 눈에 선하게 떠오른다.

어느 카페에 내가 앉아 있다. 그 앞에 앉은 이는 내 얼굴의 주름과 후줄근해진 중년 여인의 모습을 고스란히 보고 있는데, 나는 그들을 향해 이십대의 가면을 쓰고 웃고 있다. 어쩌다 젊은이들이라도 만나면 꽃다웠던 청춘 시절의 내 모습을 기억해 내며 부끄러운 줄도 모르고 서슴없이 행복해 한다. 내 머릿속의 지우개가 시간을 다 지워버렸다고 천진난만하게 믿으면서….

거울 속의 내가 나를 쳐다본다. 싱긋 웃는 듯 눈물을 머금은 듯, 그 표정이 참으로 수상쩍다.

머물거나
빠져나가거나

　뒤늦게 시작한 영어 공부를 하느라 지난 해 가을부터 일주일에 네 번 정도 아침마다 광화문으로 나간다. 나는 원래 지하철보다는 차창 밖의 풍경을 보면서 이 생각 저 생각을 하며 갈 수 있는 버스를 더 좋아하는 편인데, 수업 시간에 늦지 않으려니 자연 지하철을 타게 된다.

　그동안 버스가 약간은 아날로그적이고 느림의 세계라면 지하철은 디지털적이고 속도의 세계라고 생각했다. 나는 아날로그의 세상에서 태어나고 자란 사람이다. 지하철보다 버스가 더 편하게 느껴지는 것도 내 속의 본능적인 감각들이 이미 그렇게 훈련되어 있고, 어느새 오랜 시간의 틀 속에서 더 익숙해진 탓일 게다. 익숙해진다는 것은 이렇게 무서운 힘을 가지고 있다. 그것은 사람을 편하게 하지만 더 이상의 변화를 원치 않게 만든다.

과천에 산 지 25년이 된다. 한 동네에 오래 사는 이유야 많겠지만, 우선 이사를 가면 주소부터 바꿔야 하고, 사방에서 부쳐오는 책 우편물 처리도 귀찮고, 모임마다 바뀐 사항을 알려주는 일도 영성가실 것 같아서이다. 무엇을 바꾸는 걸 싫어하는 탓도 있지만 변화를 즐기기에 앞서 두려워하는 마음이 더 크기 때문인지도 모른다. 겉으로 보이는 성격은 쾌활하고 시원시원해 남에게 비치는 모습은 늘 밝은 쪽인데, 내 마음 속 한 구석에는 늘 그런 소심한 모습이 숨어 있다. 보다 밝게 보이는 대상일수록 그 뒤의 그림자는 더 짙은 법인가.

고백을 하자면 공부를 시작하면서 사실 나는 두려웠다. 주위에서는 내 나이에 젊은 학생들과 함께 공부를 한다는 게 대단하고, 어디에서 그런 열정이 나오느냐며 추켜세우지만 내 마음은 그렇지 못했다. 2년 계획으로 시작했지만 잘 할 수 있을지 모르겠고, 끝까지 해낼 수 있을까도 자신이 없었다. 물론 공부는 재미있었고, 나는 이제 막 대학에 입학한 학생처럼 내 생활의 바이오리듬이나 스타일을 바꾸어 나갔다. 우선은 옷차림을 보다 간편하고 경쾌하게 바꿨으며, 머릿속의 생각들을 그들의 시선에 다가가게 했다. 생각보다는 즐거움이 컸다. 주위에선 혹 무슨 일이 있는 것 아니냐며 호기심 어린 눈초리를 보내기도 했다. 난 미소를 지으며, '그래요.

난 매일 아침마다 비밀의 문으로 들어간답니다. 여러분들도 초대할게요.'라며 혼자서 중얼거렸다.

허나 올 겨울방학 때 욕심을 내서 한 코스를 더 듣자 몸에 신호가 오기 시작했다. 우선은 하루 종일 앉아서 하는 공부 탓인지 생전 안 아프던 허리가 더러 불편하기도 하고, 무엇보다 눈이 나빠졌다. 작은 글씨를 집중해서 들여다보니 가뜩이나 나쁜 시력이 더 나빠진 것 같다. 아직 원시는 오지 않아 돋보기를 쓸 정도는 아니지만, 심한 난시에 근시인 나에게 안과의사는 이젠 소프트 렌즈를 끼지 않는 게 좋겠다고 했다. 얼굴에서 봐줄만한 데라곤 그나마 눈밖에 없다고 생각하고 있었는데, 그 위에 시꺼먼 안경을 턱하니 끼어야만 한다니 이젠 미모를 포기해야겠구나 싶어서 마음이 영 그랬다. 아, 어쩌다 공부 좀 해보려니까 이놈의 몸이 들어주질 않는구나 싶어 서럽기도 했다.

그러면서 한 편으론 이렇게 의욕에 넘쳐 하는 공부도 혹시 나의 지나친 과욕은 아닌가, 나의 늙어가는 육체가 내 정신의 철없는 욕심에 경고를 보내는 것은 아닌가 싶기도 했다. 같이 공부하는 팀들에게 속내를 털어놓자 자기들도 모두 그렇다며 용기를 주었다. 우리는 서로를 격려하며 두 달의 집중 코스를 견뎌내었다. 그 코스의 마지막 수업을 통과한 날 우리는 잠시지만 행복했고, 나는 몸 안에 새로운 에너지가 서서히 차오르는 것을 느꼈다. 나와 같이 공부한 학생들은 대부분 유학을 떠나거나 해외로 나갈 목표가 있는 학생들이다. 하지만 나에겐 아무런 목표가 없다. 수업 시간에 왜 이 공부를 하느냐는 질문이 나오면 나는 별로 할 말이 없다. 나 자신도 왜 이 공부를 시작했는지 잘 모르기 때문이다.

속삭임…. 내 귀에 하나의 속삭임이 들렸었다. 작년 여름 마룻바닥에 누워 있다가 갑자기 영어 공부를 시작해야겠다는 느닷없는 생각이 들었고, 나는 곧바로 수소문을 해 시험을 보고 가을부터 공부를 시작했다. 어느 철학자는 아무런 목표 없이 형이상학적인 철학이나 문학을 공부하는 게 제일로 숭고하다고 했지만 그런 엄숙한 이유는 애초부터 없었다.

공부를 하면서 가졌던 새로운 세계에 대한 두려움과 호기심, 신체적인 압박과 한계는 내겐 이제 건너가야 할 또 하나의 다리이다. 내 앞에 펼쳐진 이 새로운 삶에의 충동은 어쩌면 내 안에서 분출되어 나오는 열정이거나 에너지일지 모른다. 지난 몇 년 동안 내가 너무 내 속안에 머물러 있어서, 이제 '내 안의 나'가 그 안에서 빠져나와 어딘가로 가고 싶은가보다. 내 안에만 머물러 있는 것이 지루하거나 고통스럽거나 더 이상 피곤해서 지쳤던가. 새로운 세계로 나가려니 새로운 에너지가 필요하고, 그 길로 가는 해답이 다만 공부가 아니었을까, 라는 생각이 들었다. 단순하고 반복적인 공부 속에서 우리는 수행을 하고 근기가 생기고, 살아나갈 힘을 얻는다는 어느 선사의 말이 떠올랐다.

머물거나 빠져나가거나. 머무름의 단조로움과 그곳에서 빠져나가려는 결단력과 새로운 삶에로 향한 충동과 격정, 힘과 열정, 슬픔이면서도 기쁨인 감정들이 언제나 내 안에 혼재해 있다. 하지만 적당히 균형을 이루면서 조화를 이루기란 쉽지 않다. 삶이란 정답이 없고 늘 애매하며 불안하다. 내가 왜 거기에 있으며, 내 앞에 무엇이 기다리고 있는지…. 하지만 오늘 이 순간의 모든 행동들이 나의 인생과 깊이 연결되어 있을 것 같은 느낌이 든다.

살아갈수록 하고 싶은 것도 줄어들고, 살아갈 목표도 희미하게 퇴색해가는 시점에서 불현듯 생긴 이런 마음이 나는 참으로 고맙다. 마음을 비워 '공空'의 상태로 가라지만 나는 아직 가득 채우지 못한 상태라서인가, 좀 더 제대로 채워야 아마 이 마음이 비워질 모양이다. 아직은 여름날의 속삭임이 달콤하다.

벽에게 묻다

"너는 누구니?"
"나도 몰라."
"뭘 생각해?"
"알 수 없는 그 무엇."

벽에게 묻는다.

방 한가운데 누워 몸을 돌리면 사방이 벽이다. 어느 날부터 벽이 말을 걸기 시작하고 내가 대답을 한다. 아니다. 솔직히 말하면 한 여름이 너무 뜨겁거나 너무 심심해서 내가 먼저 벽에게 말을 걸었던 것 같기도 하다. 아무리 정신이 아득하고 몽롱해져도 사람은 솔직해야 한다. 자기한테까지 가면을 쓰기 시작하면 갈 곳은 단 한 군데뿐이다.

정신과 정신을 놓음의 경계는 단지 한 발자국의 간격. 가끔 그 경계를 슬쩍 넘어갔다 넘어 오는 듯싶은 날엔 온 등줄기가 서늘하다. 아슬아슬해서 온 몸에 소름이 돋고, 한기寒氣가 손톱 밑까지 스며들어와 종내는 자리에 눕고 만다. 정신의 방황에 대한 육신의 굴종, 유희, 반항, 가벼운 위로, 한 몸에 기거하는 동료의식의 발로, 이겨내고자 하는 본능적 자유 의지 등의 낱말들을 끄집어내어 방 안 가득히 펼쳐놓는다. 차라리 물을 더 부어버리고 잠수해 버릴까, 아니면 푸른 풀밭위의 빨래줄에 나란히 널어 보송보송 바짝 말려볼까. 그러면 내 몸에 가득한 이 습기가 다 걷어 내질까. 한참을 들여다보다 뒤돌아 눕는다. 변하는 건 아무 것도 없다. 아, 시시하고 지루한 놀이.

나이 80에 23층 고층 아파트에서 이 순간에도 당장 뛰어내리고 싶다던 노수필가가 있었다. 처음엔 의아했고 놀랐다. 아니 아직 저 나이에도 저런 격정이 남아 있다니, 그런데 왠지 그 기막힌 순간에 나는 실실 웃음이 나왔다. 이것은 또 무엇인가. 이 분은 우리 시대의 자타공인 선비 수필가이신데…. 그런데 시간이 흐르면서 그 말이 가슴 밑바닥에 뭉글뭉글하니 남았다. 오랜 뒤에 도대체 왜 그런 마음이 들기 시작했냐고 물어볼 걸, 싶을 때가 가끔 있었다. 그 앞뒤를 좀 미리 알아두었더라면 조금은 편했을까.

나는 이제 조금 이해할 것 같다. 그런 마음은 10대나 50대나 80대나 아무 상관없다. 사람으로 태어나 살기 시작하면 크든 작든, 얕든 깊든 누구나 겪는 일이다. 다만 굳이 말하자면 헤어 나오느냐 못 헤어 나오느냐의 차이이다. 우리는 그럴 때 스스로를 본능적으로 방어하고 싶은지 모른다. 자기 내부에서 솟아나오는 그 죽음 같은 열정의 열기에 온 몸이 데일까, 혹 지독한 화상을 입어 영원히 흉한 괴물로 남을까 하는 두려움에 떨면서 말을 건넨다. 나를 모르거나 아는 모든 사람들, 세상의 모든 자연과 사물들에게 소리친다.

"…."

나는 아직은 이 땅에 있을 이유가 있다, 고 말하고 싶다.

세상에 태어난 수많은 이들이 그 길 위에서 흔들리는 것은 평범한 삶의 궤도이다. 누구 하나에게만 특별히 일어나는 게 아니다. 허나 아무리 번지르르하게 혀를 내돌려도 나를 일으켜 세우지는 못한다. 맥이 빠지고 어지럽다. 방바닥에 얼굴을 붙이고 하루 종일 누워 있다.

사방이 막힌 벽이다. 아니 벽은 없다. 그저 내 마음의 벽이요, 두 눈이 만들어 낸 이미지일 것이다. 벽 하나를 사이에 두고 우리는 안과 밖이라 말하고, 스스로의 경계선에 마음을 매달고 애달파 한다. 우주 저 편에서 보면 안으로 들어간 것도 밖으로 나간 것도 아니다. 그저 하나의 천지가 엄연하게 있을 뿐이다. 나는 그 속에서 살아 움직이며 숨 쉬는 생명체에 지나지 않는다.

그래도 벽을 넘으면, 어느 날 그 벽이 제 설움에 겨워 절로 무너져 내려 앉으면, 그 밖에 넓디넓은 푸른 초원이 펼쳐져 있다고 누군가가 말해 주었으면 좋겠다. 그러면 두말없이 선선히 따라가 그 위에 누워 사방이 훤히 트인 푸른 하늘을 며칠이고 바라보리라. 그리고는 두 눈을 감고 기도하리라. 저 하늘이 내 두 눈으로 들어와 몸을 온통 물들이기를, 초원의 공기가 내 폐부로 들어와 핏줄기를 새로이 순환시키기를….

　벽이 일어나 다가온다.
　"너는 너, 나는 벽."
　"그 뿐이야?"
　"응."
　"너무 간단한 거 아냐?"
　"복잡해도 별 것 없어."
　벽이 말하며 웃었다.
　그 후로도 오랫동안 우리 둘은 친구로 살았다.

바람 속에서
중얼거리다

혼자 중얼거리는 버릇이 다시 생겼다. 길거리를 걷다가, 음악을 듣다가, 침대에 누워 벽을 바라보다가, 눈을 감고 누워서도 머릿속으로 중얼거린다.

마음 저 밑바닥에서 이야기들이 고개를 든다. 혼자 묻고 혼자 대답한다. 삶에 대해, 내가 살고 있는 세상에 대해, 내가 사랑하는 사람들에 대해 하나하나 생각하고 묻고 또 묻는다. 머리는 포화상태가 되어 열이 나고 빈혈이 난다. 더러 심한 날에는 구토에 시달리기도 한다. 하지만 언제나 답변은 애매하다. 삶이란 게 원래 애매한 것일까. 여전히 답을 못 찾고 마음만 이리저리 굴린다. 정신도 육신을 빌어 사는 것인데, 나는 요즘 너무 마음을 혹사시킨다. 그래서 미안하다. 머릿속에서 떠나지 않는 수많은 생각들을 쫓아낼 궁리를 한다. 음악을 크게 틀고 똬리를 틀 듯 앉아 본다. 잠시 그들에게 나의 인생을 기댄다.

대학 시절 전축이 망가져 음악을 들을 수 없을 때가 있었다. 하지만 당장 오디오를 살 형편이 안 되어, 나는 동네 다방에 가서 한두 시간씩 음악을 듣거나, 학교 앞 음악다방에 앉아 음악 신청을 하며 갈증을 덜곤 했다. 그 DJ가 신청곡을 유난히 잘 틀어줬는데, 사실은 내 친구와 목하 열애 중이었다. 그 덕을 한참이나 보았다.

사촌 언니네에 가면 항상 좋은 그림책이 많았다. 빌려 달래면 안 빌려 줄 것도 아니지만, 왠지 그러고 싶지 않았다. 괜한 궁상을 떨기가 싫었다. 그저 그 집에 갔을 때 슬쩍 들여다보는 것으로 만족했다. 그리고는 '그래. 나중에…' 라며 혼자 속으로 말을 삼켰다.

그런 날엔 광화문으로 갔다. 그 곳엔 항상 바람이 불었다. 실제로 바람이 불었든 아니든 상관은 없다. 내겐 언제나 그렇게 느껴졌다. 이제 겨우 인생에 대한 예민한 감각이 살아나기 시작하던 시간에 나는 가난한 삶 속에 가파르게 서 있어야 했지만, 마음마저 가난하고 싶지는 않았다. 갓 잡아 올린 싱싱한 생선의 퍼런 생 비늘의 발광하는 빛처럼 자존심을 지켜내고 싶었다. 아무리 별 볼일 없어 보이는 초라한 생명체라고 해도 나는 젊은 영혼의 소유자이다. 가슴 저 깊은 곳에 숨은 뜨거운 정열과 미래에 대한 열망, 죽음만큼이나 깊은 무게로 삶에로 향한 나의 집착은 스스로도 무서웠다.

그래서 세상의 모든 것들을 물리치고 이겨내고 두 발로 당당하게 서고 싶다는 마음을 감추었다. 아니 잠시 미루었다. 아직은 때가 아닌 것 같았다. 현실적으로 혼자서 할 수 있는 게 아무것도 없었다. 때로 현실은 청춘의 뜨거운 영혼으로도 극복되지 않는다. 그게 바로 현실의 냉엄한 칼날이다. 나는 너무 빨리 알아버렸던가, 너무 많이 보았던가. 나는 그때 삶이란 원래 그렇게 대충 슬픈 줄로만 알았다.

그래서 혼자서 길을 걸으며, 중얼거리기 시작했다.

바람 속을 헤집고 다녔다. 재수를 하면서부터 시작된 '광화문통 아이'는 이제 한 인간으로 자라나야만 했다. 청바지에 티셔츠, 적당한 두께의 스웨터와 그 위에 긴 생머리를 얹고 히피라도 된 듯 광화문 근처의 책방과 화랑들이 있는 길 위를 지루하게 해찰을 했다. 가슴에 바람을 잔뜩 집어넣고 만만치 않은 내 인생의 시간들을 향해 고개를 들어야만 했다.

집시의 눈물 한 방울이 우리의 영혼을 뒤흔들어 놓는다던가. 나는 어둡고 음습하리만치 우울한 시간들을 가져야만 했지만, 육신의 거칠음으로 정신의 자유로움을 스스로 섬기는 쾌락을 얻곤 했다. 그것만으로 충족하는 영혼이 그 시절 내 속에 꼿꼿하게 살아 있었다. 혼자서 중얼거리고 다녀도 외롭지 않았다. 나의 내면에 분명 누군가가 살아 움직이고 있었다. 천연덕스럽게 대답하고 질문하고 더러 까탈스럽게 성질을 부려대기도 하지만, 나는 나의 유일한 동반자를 깍듯하게 대했다. 나는 정체모를 내 안의 그를 통해 먹고, 마시고, 이 세상을 통째로 받아들이느라 함께 진통을 겪으면서 꾹꾹 자라났다. 살아보려고 태어난 지상의 한 여자에게 삶은 더러 까칠하게 굴었지만, 광화문의 바람과 그 애틋한 추억의 길, 전시회의 그림, 책방에 가득한 책들은 나와 내 속의 동반자를 충분히 위로해 주었다. 그렇게 그 시절들을 살아냈다.

이런 기억이 있어서인지 나는 지금도 좋은 음반과 책을 실컷 사볼 수 있는 인생이라면 성공한 인생이라는 어처구니없는 기준을 갖고 있다. 지금 나는 정말 사고 싶은 책은 살 수 있고, 음반도 골라 산다. 사실 아직도 비싼 그림책은 손에서 몇 번을 쥐었다 내려놓았다 하다가 책방을 뒤로 하고 그냥 나올 때가 더 많지만, 너나 할 것 없이 사는 게 어렵고 힘들었던 시절에 비해 그래도 조금은 나아진 게 아닌가 싶다. 어쨌든 아직은 밤을 새워 책을 읽을 수 있고, 아침마다 눈을 뜨면서 무슨 음악을 들을까 고민하니 그 이상의 무슨 삶을 더 바라랴.

수필가 유달영은 "세상에 죽음이 없으면 엄숙과 경건함이 없을 것이다."라고 했다. 나는 그 한 구절에 마음을 푹 담근다. 나는 그의 가슴 깊은 아픔을 느끼고, 이내 나의 아픔을 뒤돌아본다. 지난해 여름의 끝자락에서부터 나는 중얼거리는 버릇이 다시 생겼다. 아, 바람이 분다.

중독

무언가 잘 이어져 나가다가 멈칫 할 때가 있다.

장자莊子의 마른 고목나무처럼 살라는 말을 30대의 나는 이해하지 못했다. 어떻게 살아 있는 생명이 몸 안에서 용솟음치는 감정들을 모두 가라앉히고 다 말라비틀어진 모습으로 살아가야 한단 말인가. 그게 무슨 살아있는 인간이고 생명체이며, 감정이 있는 존재인가 싶었다. 죽느니만 못하다 여겼다.

그 뒤 10년 후엔 그렇게 사는 게 무척 편하게 느껴졌다. 내면의 격류를 편안히 잠재우며 평온한 일상의 시간들을 보냈다. 잠시 쉬어가는 정류장처럼 한가롭기까지 했다. 내가 그의 철학을 잘 이해했는지는 알 수 없으나, 나는 혼자 몸과 마음속에서 소화를 했다.

장자가 이렇게 자기 내면의 갈등에서 벗어나 자유롭게 세상을 들여다보며 살라는 것이었나 하며, 한 마리 나비가 되고 싶었다. 나보다 앞서 살아간 이들의 지혜를 엿보는 것은 인생의 조커를 한 장 받아든 기분이다. 세상을 한 발자국 비켜나 더러 방관자처럼 웃음을 흘리며 살아가는 일도, 슬쩍 세상에 잘 속해있는 듯 열정을 바쳐 일하는 것도 나쁘지 않았다.

삶의 열병에 시달리는 게 힘겹고 두려워 평온과 안정 쪽에 가서 줄을 섰다. 끊임없이 분출하는 열정은 고통이다. 그 고통은 고뇌로부터 새어나오고, 그런 순간들을 견뎌내자면 육체와 영혼은 마모되어 드디어는 바닥을 드러내야만 한다. 나는 피로함을 견딜 수 없었다. 그래서 마른 고목처럼 살았다. 아니 그렇게 살고 싶었다. 그런데도 남들에게 그것은 때로 뜨거운 열정으로, 지극한 성실로, 성공에 대한 열망으로까지 비치기도 했다. 하지만 나의 내면은 서서히 말라갔다. 내 가슴엔 더 이상 수밀도의 달큼한 수액이 남아 있질 않았다. 머리로 글을 쓰는 데는 한계가 있다. 글을 쓰는 행위가 결국 마음의 교류라고 한다면, 분명 그것은 밑바닥에 거꾸러진 시간들이다.

보이는 게 전부가 아니라는 걸 우리는 알면서도 수면 위로 올라온 모습만으로 타인들을 판단한다. 그 사람이 무슨 터널을 지나고 있는지는 도무지 알 수 없다. 살아갈수록 사람에 대해 무어라 말하기를 망설이게 되는 것도 이런 이유인지 모른다. 감히 그 사람을 안다고 어찌 말하랴. 내가 그가 아니고, 그가 내가 아닌 바에야, 아니 나 스스로도 모르는데…. 다 자기의 깊이만큼만 느끼고, 보고, 몸에 익힌다.

프루스트는 "행복은 몸에 좋다. 하지만 정신의 힘을 길러주는 것은 고뇌이다." 라고 말했다. 고뇌에 빠졌을 때 우리는 괴로운 진리를 직시하고, 삶을 다시 뒤돌아보게 되고, 삶에 대한 근원적인 물음으로 온 밤을 지새우느라 이불깃을 뒤척이며 생生을 온 몸으로 받아들인다.

요즈음 '중독'이란 말을 마음에 담고 있다. 그 말은 나에겐 항상 '치명적'이란 이미지를 떠올리게 한다. 치명적인 사랑, 치명적인 고통, 치명적인 상처, 치명적인 너무나 치명적인 그 무엇들…. 그 말은 위험 수위가 그만큼 높다는 경고를 보낸다. 그런데도 요즈음 나에겐 매력적으로 들린다. 아직도 위험을 감수할 만큼의 도전의 영역이 내 삶에 남아있다는 것인지, 아니면 무언가에라도 중독이 되어 내게 남은 삶을 잘 살아내자는 것인지는 알 수 없다. 그래서 얼른 그 말을 몸속 깊이 감추고 홀로 들여다본다.

무언가에 중독이 된다는 것은 정신적으로나 육체적으로 심각한 피해를 불러온다. 그런데 그런 사람들을 보며 단칼에 날렸던 나의 지난날의 언행이 갑자기 부끄럽다. 나는 언제쯤이나 사람들을 함부로 판단하지 않고 제대로 이해하는 마음을 지니게 될까. 그들의 기막힌 고통을 감싸주는 마음을 얻으려면 내 자신부터 사랑해야 할지 모른다. 밤새 나를 시달리게 하는 이 고뇌들마저 신이 내린 기쁨의 선물로 받아들이고, 바다 위를 튀어 오르는 물고기의 시퍼런 비늘 같은 이 생명의 고통도 경건하게 받아들여야만 하는 지도…. 정수리 끝이 타들어간다.

아, 달콤하고 진한 그 수액에 잠시, 아니 영원히 중독되고 싶다.

진지한
때로 너무 단순한

학교 복도를 지나는데 H 교수가 부른다.

"자네 요즘 무슨 일 있나?"

"왜 그러세요, 교수님?"

"으응, 지난 토요일 경복궁 앞을 지나는 자네를 봤는데, 부를까 하다 그만뒀어. 어찌나 진지하고 심각한 얼굴로 걷고 있던지…."

"…."

대학 시절 이야기이다. 졸업 후 몇 년 뒤에 교수님의 부음을 들었다. 아직은 젊은 나이여서인지 동창들 사이에서 여러 이야기가 돌았지만, 나에게 남은 그 분의 인상은 '진지함'이다. 교수님은 항상 과제를 한꺼번에 같이 내주는 법이 없이, 각 개인당 숙제할 페이지를 일일이 정해주셨다. 당연히 슬쩍 돌려쓰거나 커닝조차 할 수 없어 학생들은 아우성이었고, 수업 시간에도 학생들을 골탕 먹이고 고문하는 것이 취미인가 싶을 정도로 심했다.

하지만 지금 와 돌이켜 보면 그것은 진지함 때문이 아니었을까 싶다. 스승이라면 누구라도 안 그럴까마는, 두루뭉술하게 넘어가는 법이 없는 그의 얼굴엔 학문에 대한 지나친 열정과 진지함이 진하게 그림자를 드리웠다. 때론 너무 피곤해보일 정도였다. 그래서인가 때 이른 죽음 앞에서 한동안 마음이 흔들렸다.

진지하게 산다는 것은 무엇이며, 어떻게 살아야 하는 것인가. 참을 수 없는 가벼움의 존재가 아니라 진지하고 무거운 삶의 모습이란 또 무엇인가 생각하자니 머릿속이 엉긴다. 진지함을 잃어버리고 있기에 오히려 더 간절한 것은 아닐까. 불러 세우기조차 어려웠던 경복궁을 걷던 대학 시절의 나의 모습. 그때 나는 세상 모든 것 하나하나에 대해 지나치리만큼 생각하고 또 생각했다. 그리고 깊이깊이 파 들어갔다. 가슴이 저려 저 밑바닥까지 들어가기가 겁날 만큼, 그렇게 온 몸으로 세상을 받아들이고 이해하려고 용을 썼다. 혹 그런 모습이 진지함으로 표현된다면, 나는 참으로 진지했다.

허나 지금 나는 그저 여기저기 맥없이 불려 다니며 바삐 살며 방랑하는, 아니 표류하는 인간이다. 진지함은 이제 흔적만 남아 있을 뿐이다. 갈수록 세상사에 무디어져 가는 나의 신경과 감정을 뒤흔

들고 싶어진다. 무엇을 봐도 가슴이 뛰지 않고, 더 이상 가시나무로 찔리는 듯한 아픔도 덜 느낀다. 세상만사가 다 그렇지 뭐 하면 그만이다. 꽤나 싱겁다. 나이 값이라고 한다면, 그건 나이 든 여인네의 등줄기만큼이나 후줄근하고 서글프다.

세상은 가볍고 즐거운 일들만 주로 찾는다. 물론 가벼운 것이 나쁘고 무거운 것이 진지하다는 말은 아니다. 나는 사실 지나친 엄숙주의는 피하는 편이다. 그 자로 잰 듯한 엄숙주의가 사람을 얼마나 얽어매는지 알기에 말이다. 오히려 가볍기에 자유로움을 느끼고, 마음의 짐을 덜 때가 많다.

때론 산다는 일이 너무 단순해서 진지한 게 오히려 우스울 때가 있다. 50이 되도록 진지하게 생각해왔던 삶과 죽음의 모습은 기막히리만큼 단순명쾌해서 헛웃음만 나왔다. 물론 그 가운데에도 마음의 흔들림이야 고스란히 남아있지만, 그런 허망한 죽음의 과정은 생각만큼 결코 목이 졸린 듯 숨 막히지 않았다. 죽음 뒤의 일들은 수많은 세상 일들의 사후처리처럼 단순하고 신속하게 처리된다. 무슨 바쁜 스케줄의 일정표처럼 지나갔던 아버지의 죽음.

겨우 한 평 땅에 묻히고 마는 한 사람의 죽음은 지나치게 사무적이었다.

'아니 이렇게 간단명료하다니…. 정말 이게 다예요? 이럴 순 없는데….'

나는 삶과 죽음에 대한 그 수많은 철학서와 문학서, 종교가의 설교에 배신당한 느낌마저 들었다. 내가 읽었던 책들 속엔 사람과 죽음에 대한 깊은 의미와 영원한 상징들이 잔뜩 들어 있었는데…. 도대체 그것들은 다 무엇이었단 말인가. 이렇게 허망하게 끝날 순 없다는 생각에 내 입에선 자꾸 헛웃음만 나왔다. 삶과 죽음이 별 게 아니고 지풍화수地風火水가 되어 저 무한한 우주공간에서 모아졌다가 흩어지는 것이라는 물리학적 논리도, 온 데도 없고 간 데도 없다는 종교관도 별 해답이 되질 못했다. 내 가슴은 진한 회한과 숭숭 뚫린 속으로 스며들어오는 바람 소리만 그득했다.

어머니가 병이 들어 누워계신다. 아버지의 긴 그림자가 문득, 두려워진다.

젊어서는 저 건너편에 서 있는 삶의 형체가 잘 보이질 않아, 끝도 모르고 파헤쳐 들어가고자 하는 열정과 욕망에 사로잡힌다. 그 시절의 진지함이란 어쩌면 뜨거운 욕망의 또 다른 모습일지도 모른다. 마치 사랑을 모를 때엔 사랑에 대해 더 많이 얘기하고 생각하지만, 막상 사랑이란 열정의 강 한 가운데에 서게 되면 그 기막힌 기쁨과 고통 때문에 숨이 막혀 말 한마디 못하듯이 그렇게 말이다.

하지만 어느 덧 세월이 흐르면 이젠 삶이 머릿속으로가 아니라 몸으로 서서히 그 실체감을 드러내므로, 우린 하나하나 느끼고 고스란히 받아들여야 한다. 죽음도, 삶도, 허무도, 늙어감도, 몸속의 병들도….

고통을, 직접, 만져야 한다.

그래서인가 진지하기보다는 오히려 담담해진다. 안으로 파고 들어가기보다는 눈을 감고 덜어내고, 슬며시 이 모든 일을 피하고 싶다. 삶과 죽음이 발 한걸음 떼는 일인데 뭘 그리 허둥대며 살까.

그런데 오늘, 진지한 눈으로 세상에 몰입했던 그 시절이 왈칵 그리워진다. 삶과 죽음이 너무 가까이에 있나보다. 이 찬란한 봄에….

가출

    TV에서 젊은 시절에 해 보고 싶었던 일을 얘기하는 프로그램이 있었다. 여러 가지 이야기들이 나왔다. 나는 옆에서 '가출'하며 외쳤지만 그런 이야기는 나오질 않았다. 20등의 순위에조차 들어있지 않았다. 내가 그게 왜 순위에 들어 있지 않을까 하고 이상해 하자 옆에서 같이 보던 남편이, 하필이면 좋은 일 다 놔두고 누가 그런 생각을 하겠냐며 오히려 이상한 여자 취급을 한다.

    생각지 않은 핀잔에 괜스레 착잡해진다. 속으로 내가 비정상이 아니라 그런 생각을 안 하고도 사람이 살 수 있다는 게 비정상이라고 억지를 부려본다. 젊은 시절 나에게 '가출'이란 심각한 인생의 갈등 문제 중 하나였다. 그런데 그 문제가 순위에도 못 오를 정도로 별 것 아니라니…. 같은 심정의 사람이 있다면 맞장구를 치며 밤새워 얘기라도 하고 싶어진다. 내가 품었던 그런 생각들이 절대로 불온한 것도 아니고, 이상한 취급을 받을 정도로 비정상적이지도 않다고 말이다.

한편으로는 내가 혹 젊은 시절에 정신 상태가 올바르지 않았던 것은 아닐까 되짚어 본다. 남들이 다 아니라는데 혼자서만 그런 생각으로 갈등하고 괴로워했다면 결국 그게 비정상이지 뭐가 비정상이랴 싶다. 하긴 그 정상과 비정상이란 기준도 사람이 만든 것이니 무엇이 옳고 그르다는 기준이 있는 것은 아니지만, 눈이 두 개인 나라에서 눈이 하나인 사람들은 결국 비정상 취급을 받을 수밖에 없는 게 세상 이치이다.

살다보면 누군가에게는 그렇게 큰 문제가 되는 것이 자기에게는 아무런 문젯거리가 아니고, 남들은 다 괜찮다는 데 자기 혼자서만 온 몸으로 열병을 앓는 게 다반사이다. 그래서 남의 다리 부러진 것보다 내 손톱 밑의 가시가 더 아프다고 하는 모양이다.

하지만 사실 나는 이 문제만은 쉽게 납득이 안 된다. 사람들이 모두들 그렇게 집을 나가고 싶은 생각이 없을 정도로 행복하고 평온하단 말인가, 아니면 천성이 한 곳에서 안정을 찾지 못하고 유랑하고 싶은 본능이 강한 인간 유형들이 따로 있단 말인가. 뒤돌아보면 나는 양쪽에 다 걸린다. 학창 시절 그렇게 순탄한 가정 환경도 아니었고, 내 마음 깊은 곳에서는 항상 어디론가 떠나고 싶다는 감정이 격한 파도처럼 마음 한 가운데를 요동치곤 했다.

가출에 대한 유혹은 달콤하다. 그 뒤에는 자유의 그림자가 짙게 배어있다. 살기가 힘들어서든 너무 살기가 좋아서든지 간에 자유에 대한 강한 열망은 인간의 본능이며, 그 매혹적인 손길을 뿌리치기란 쉽지 않다. 허나 막상 그 무진장한 자유가 왔을 땐 힘에 겨워 감당도 못한다. 외롭고 막막하여 이내 틀 안에 스스로 갇히고 마는 것 같다.

아내가 처가에 가면 제 살판났다고 뭔가 일이라도 저지를 모양으로 설쳐대던 남편들도 2~3일이 지나면 빨리 오라고 성화를 하든지 처가로 제 식구들 찾으러 가는 걸 보면 자유도 쉽지 않은 권리인 모양이다. 나 또한 말로만 자유부인이지 남편 출장일이 사나흘만 지나면 언제 오려나 하고 목 빠지게 기다리는 걸 보면 머릿속과 마음속이 제각각인가 보다.

그래도 여전히 가출에 대한 미련이 남아 있다. 예전보다는 여러 가지 면에서 안정이 되었는데도 가끔 그런 생각을 하는 걸 보면 아직도 내가 철부지이고, 덜 자란 미숙아이며, 어설픈 낭만주의자는 아닌가 하여 쓸쓸하기도 하다.

한때 비틀즈의 'Yellow submarine'이란 노래를 참 좋아했었다. 노래의 주제는 빈사지경인 문명 세계를 떠나 생명이 약동하는 반문명 세계에 안주한다는 속 깊은 내용이라지만, 나는 "배를 타고 저 녹색의 바다를 발견할 때까지 태양을 향해 항해를 계속하고 싶다."는 가사가 무작정 맘에 들었다. 그 노란 잠수함이 나를 어딘가로 데려다 줄 것만 같았다. 그 곳이 이상향인지 낙원인지는 아무런 상관이 없었다. 그저 떠난다는 기대감에 부풀어 노랫말을 입속에서 외곤 했다. 노래를 부르는 동안에는 출렁대는 파도가 내 배 밑에 있었고, 나는 파란 하늘을 마음껏 그리워 할 수 있었다. 왠지 슬프기도 하고 외롭게도 느껴졌지만, 때때로 행복한 느낌도 있었다.

사람들 마음속에는 남이 알지 못하는 잠수함이 운행한다. 우리는 그것을 무의식의 세계라고도 하고, 숨겨진 자아라고도 부른다. 하지만 내 가슴 속에 떠다니는 잠수함을 나는 솔직한 본능이라고 말하고 싶다. 사람마다 다 다르게 갖고 태어난 어쩔 수 없는 본능−몸속에서 빠져나가려고 시시각각 충동질 해대기에 힘들고 괴롭긴 하지만 때론 살아 있다는 걸 느끼게 해 주는 놈이다.

가출 청소년들의 모습을 방송에서 볼 때마다 남의 일 같지 않다. 그들 속에 내 모습과 내 아이들이 있다. 하지만 구체적인 그들의 모습들은 보기에 편치 않다. 우습게도 나는 머릿속으로 별 생각들을 다 하면서도 어느새 내 자식들은 안정적으로 생활하길 바란다. 이 이중적 잣대가 싫으면서도 결국은 어쩔 수 없이 이기적인 부모가 되고 만다. 정신으로는 오대양 육대주를 다 돌아다녀도, 육신은 닻을 내리고 땅에 안주해야 한다는 생각이 강철보다도 강하다. 겁쟁이고 허약한 낭만주의자라고 해도 그 역시 나의 본능 뒤에 숨은 또 하나의 모습이다.

저녁놀이 곱다.

늑대와 여우의 시간이라고 부르는 그 저녁놀이 사그라지는 시간이 되면, 나는 여전히 가슴이 울렁거리고 두근거린다. 어디론가 무작정 떠나야만 할 것 같다. 무엇을 찾아 떠나야 하는 지도 모르면서 그저 떠나고 싶다. 잃어버린 내 전생의 짝이 어디선가 애타게 기다리기라도 하듯 급히 찾아나서야 될 것 같은 생각마저 든다. 아니 그보다는 마냥 흘러가는 내 인생을 이대로 보낼 순 없다는 안타까움으로 마음만 자꾸 애절하게 젖어든다.

오늘따라 저녁놀빛이 더 유난스럽다. 바라보려니 눈이 부셔 이내 아려 온다. 현생의 내 영혼의 반쪽은 이미 찾았고, 내 인생의 시간들은 하나씩 둘씩 허옇게 세기 시작하는데 내 마음은 아직도 가출중이다.

바람 속에 서다

때때로 모래알처럼 많은 군중들 앞에 서면 군중속의 고독이란 지극히 상투적인 말의 의미를 절감한다. 결국은 군중 속의 먼지처럼, 모래 속으로 스며드는 물처럼 사라지고 말 존재의 상실감 때문이다.

나는 학창 시절엔 수많은 빌딩들을 보면서 멋지다는 생각보다는 그렇게 많은 사람들이 이 세상에 빼곡하게 살고 있다는 데에 절망했다. 게다가 세계 구석구석에 이와 비슷한 형태의 나라들과 사람들이 수도 없이 많다는 사실에 진저리가 쳐지기도 했다. 동시대를 사는 인간으로서의 동질감이나 연대의식, 행복감을 느끼기란 당시의 나에겐 거의 불가능했다.

대학 축제 때 강당을 꽉 채우고 모여 있던 사람들을 보며 나는 총부리를 겨누고 싶다는 살의 충동을 순간적으로 느끼기도 했는데, 혼자만의 프로이드 식 해법을 따져보자면 사는 게 힘들어서 나온 억압과 세상에 대한 반항의 분출 정도였던 것 같다. 아니면 골방 속에 있을 때 느껴지던 내 자신의 충족감이 세상 밖으로 나가는 순간 눈에 보이지도 않는 먼지처럼 느껴져 견디기가 힘들었는지도 모른다. 어쨌든 내 존재에 대한 자존심은 그렇게 부정적으로 표현되었다.

'젊음'이란 황홀한 단어마저 부담스럽고 처치 곤란한 애물단지처럼 느껴졌다. 빨리 늙어서 다 잊어버리고 인생의 종결점을 찍고 싶었다. 젊음을 등에 지니고 있다는 것이 피곤하고 마냥 거추장스럽기만 했다. 지금 생각해 보면 지나친 오만이요, 인생에 대한 편견이었지만 그 시절엔 딱 그랬다. 어쩌면 이런 생각들은 내 잠재의식 속에 제일인자가 되고 싶다거나 성공해서 저 높은 곳으로 올라가고 싶다는 욕망이 강했기 때문인지도 모른다. 그러자면 내 자신이 무엇보다 강하게 느껴져야 하는데, 세상 사람 아무도 모르는 먼지 같은 미미하고 시시한 존재라는 사실은 참으로 자존심 상하고 기막힐 만큼 슬픈 확인이었을 것이다.

좋아하는 TV 프로그램 중에 〈한민족 리포트〉라는 것이 있다. 특히 삶이 우울하고 쓸쓸해 질 때 그것을 보면 '그래. 나도 아랫배에 힘 꽉 주고 열심히 살아야지. 세상 구석구석 오지에서 저렇게 열심히 살아가는데…' 하는 생각이 절로 든다. 물론 영상을 통해 보여지는 삶의 모습이라 혹 그 이미지가 한 시선으로 맞춰질 수도 있다. 그러나 삶에 대한 의욕과 긍정적인 태도, 자기 자신의 삶을 위해 소박하지만 성실하게 살아가는 사람들의 모습에서 나는 진한 인간의 냄새를 맡는다. 때론 마음마저 편안해진다. 삶이 우울하니 지루하니 하는 사치스러운 감정들을 소박하고 단순한 수준으로 내려주기 때문이다.

세계 각국의 구석구석에서 한민족이란 의미를 잃지 않고 열심히 삶을 개척해 가는 사람들의 모습은 아름답다. 인생에 대해 아무리 복잡하고 화려한 의미를 갖다 붙여도 열심히 사는 사람들의 모습 앞에서는 마음마저 겸손해지고 경건해진다. 산다는 일은 힘들지만, 사람이 땀을 흘리며 살아가는 모습은 눈물겹도록 뿌듯하다.

혹자는 TV가 만들어내는 가상의 이미지이거나 실제보다 의미 확대가 되어 미화된 것이라고 할 수 있다. 그래도 나는 그 포장 속의 진지한 삶의 모습을 믿고 싶다. 어차피 속고 사는 게 인생이라면 차라리 그 믿음에 속는 게 낫지 않을까. 대가를 생각하지 않고 열정적으로 한 순간 한 순간을 살아가는 것이야말로 돌아보면 그 무엇보다 값지고 아름다운 인생의 모습이 아니던가. 그런 열정이 나이가 들면서 조금씩 퇴색해져 버리고 매사에 머뭇거려진다는 사실이 오히려 쓸쓸할 뿐이다.

이젠 많은 군중들 속에서도 예전 같은 감정은 들지 않는다. 나에 대한 확인을 굳이 할 필요가 없어서이다. 아니 오히려 이젠 내가 그들과 똑같은 인간이란 점이 다행스럽고, 바람 속의 먼지처럼 미미하기에 참으로 마음이 편하다. 그 눈에 잘 보이지도 않는 먼지들이 바람에 이리저리 날리면서 꽃씨도 만들어내고, 이 우주의 질량을 늘 불변하게 만들어내는 그 위대함이 이제야 조금 보인다. 큰 소리 없이 세상 속의 하나로 살아갈 수 있다는 평범함이 그리 좋은지를, 나는 예전에 미처 몰랐다.

창문을 열어 바람의 찬 기운을 맞는다. 바람의 언어들이 저 깊은 심연의 바닥으로 가라앉고, 그 밀어密語들은 내 가슴을 휘돌아 설렁거리게 한다. 허나 실은 바람은 제 혼자 부는 것이고, 나는 그 바람 속에 서 있다.

그를 만나러 간다

나는 오늘 바로 이 순간이 내 인생의 화양연화이면 좋겠다는 생각을 한다.
미래의 삶이 어떻게 이어질지 상관없이 오로지 눈앞에 놓인 이 순간만을 위해
온 열정과 정성을 바치며, 눈앞의 삶을 온전히 생생하게 느끼며 살고 싶다.
삶이 아무리 지독한 허무의 얼굴을 하고 다가올지라도.

인왕제색도仁王霽色圖를 찾아서

친구가 그녀의 전시회에서 팔린 그림을 함께 전달하러 가자고 하여 길을 나섰다. 물안개가 피어오르는 남한강변에 자리 잡은 컬렉터의 집엔 그동안 애써 모았다는 그림들이 가득 차, 마치 개인 갤러리에라도 들른 듯 했다. 무엇보다 그저 돈이 있어 투자할 목적으로 사들였다기보다는 그림에 대한 개인적인 안목과 취향에 따라 수집한 것 같이 보여 마음이 편했다.

1층과 2층을 대충 둘러보다가 나는 거실 벽을 사이에 두고 복도 뒤로 한 걸음 물러나 있는 한 그림 앞에서 문득 멈추어 섰다. 순간 말할 수 없는 강렬한 기운이 내 몸 전체로 스며들어 온 몸의 세포들이 일제히 일어나는 듯하더니, 드디어는 가슴까지 치고 올라와 울렁거렸다. 붉은 색의 강렬함과 검은 색의 굵은 붓 터치가 그림 전체를 강한 시선으로 지나가고 있었다. 그 강하고 두꺼운 물감들이 생생히 살아나 몸 안으로 곧장 들어오더니, 심장을 뜨겁게 달구고 머리의 정수리 끝을 저 하늘 높이까지 끌어 올리고, 팔다리의 마디마디에까지 힘찬 폭포와 같은 기운이 닿게 했다. 두 눈을 통해서 들어온 그림속의 색채들은 아무런 경고도 없이 나의 육신으로 들어와 짧은 찰나이지만 정신과의 합일을 몰래 이루었다. 오랜만에 느껴보는 상쾌한 기분이랄까. 나는 아무 소리도 못하고 그저 '아유…, 좋다!' 라고 탄성만 질렀다.

인왕제색도였다. 화가는 "옛 그림을 보며 느꼈던 감동의 형식과 정신을 차용하여 그림의 이미지와 재료, 색감, 작업 방식 모두 내가 느낀 시대의 기운과 정신을 담아 화면에 토해 냈다." 라고 개인전 팸플릿에 적어 놓았다. 아직은 젊은 화가라서인가, 두 손 안에서 뻗어 나오는 그의 힘찬 기운이 내 손에도 저절로 느껴졌다. 한동안 조금 맥없이 살았던 나는 저 발끝 밑에서부터 맑고 신선한 물줄기가 마치 삼투압처럼 밀고 올라오는 환상에 젖었다.

〈깎여진 산수〉라는 제목으로 그린 그림은 겸재 정선의 진경산수화 〈인왕제색도〉를 떠올리게 했다. 겸재의 그림이 흑백의 대담함과 거친 단순함, 무섭도록 기세가 가파른 필선의 과감한 절제가 그 색감의 절정이라면, Y화가의 그림은 붉은 산에서 분출되는 화산의 뜨거운 용암에서 흑黑의 기운이 마구 용트림하는 기분이 든다. 태초의 혼돈에서 튀어나와 갈라진 음과 양이라고 할까. 늘, 그저, 별 생각 없이 스쳐지나가며 보았던 인왕산을 이 두 사람은 시공을 초월해 멋지게 승화시켜 그려내었다.

겸재謙齋가 76세에 그린 〈인왕제색도〉는 그의 유작 400여 편 중에서도 가장 큰 작품이고, 그의 화법을 잘 보여주는 걸작으로 국보로 지정되어 있다. 나는 겸재의 그림에서 흑백의 묵직한 먹으로 굳세고 빠른 필선으로 시커멓게 만든 산머리의 바위 형상이 비가 온 뒤의 맑게 갠 모습 때문이기보다는, 평생의 벗이자 진경시眞景詩의 대가였던 사천槎川 이병연 앞에 다가온 죽음이 슬퍼서 칠십 노인이 혼신의 힘을 다해 그렸다는 두 남자의 우정 어린 이야기보다는, 인왕산 바위의 육중한 기운을 표현하는 일종의 정선鄭敾만의 독특한 그림언어였다는 생각에 더 공감이 갔다. 시커먼 먹물과 담대한 필선의 기세로 이름난 화가 정선이 인왕산 기운을 실로 적절하고 멋지게 표현한 것이다.

나는 집으로 돌아와 갑자기 인왕제색도만이 이 세상에 남아 있는 유일한 그림이라도 되는 양 인터넷으로 '인왕'이 들어간 책들을 주문해서 읽고 자료들을 찾기 시작했다. 어떤 이는 옛 그림의 소통 의미에 관심을 가지고 문학과 미술의 경계선을 넘나들며 시각 이미지로 이 그림을 해석해 놓았고, 어느 사진작가는 웨인 왕의 영화 〈스모크Smoke〉에서 브루클린 담배 가게 주인이 13년 동안 매일 아침마다 자신의 가게 앞에 삼각대를 세워놓고 길거리 반대쪽을 촬

영한 데에서, 또는 미국의 사진작가 니콜라스 닉슨이 28년 동안 그의 아내와 아내의 자매 넷을 매년 촬영한 사진들을 모은 〈브라운 시스터스Brown Sisters〉에서 영감을 얻어 인왕산을 사계절 동안 매일매일 찍어 책을 만들기도 했다. 그는 겸재가 붓으로 인왕제색도를 그렸다면, 빛으로 인왕산의 사계절을 그리고 싶었다고 책에 써 놓았다. 인왕을 찾으니 세상이 온통 인왕만 있는 것처럼 보였다.

나는 이 그림을 소장하고 있는 L미술관으로 이 그림을 다시 한 번 보러 달려갔다. 하지만 볼 수 없었다. 상설 전시도 매번 바뀌기 때문에 늘 볼 수는 없다는 말에 실망하고 그냥 돌아설 수밖에 없었다. '예전에 봤을 때 더 잘 봐둘걸…' 돌아오는 발걸음이 허전해 조금 후들거렸고, 여러 생각들이 머릿속을 스쳐 지나갔다.

피카소는 벨라스케스의 〈시녀들〉을 모방하여 자신의 혁신을 재창조하였고, 원작의 특징을 개성있게 표현한 훌륭한 리메이크 작품으로 평가를 받는다. 우리들도 그 두 작품 사이에서 새로운 발상의 신선함을 맛본다. 오페라만 해도 이미 고전이 된 그 내용들을 모르는 것은 아니지만, 전통적인 형식을 벗어난 새로운 형식과 현대적 시각으로 재창조된 오페라의 여러 형태의 버전을 보러 사람들은 공연장을 찾는다. 글을 쓰는 일도 그렇지 않을까. 셰익스피어 이래로 이 세상에 새로운 주제는 없다지만, 그 주제 선율을 두고 새로운 변주Variation를 만들어내는 일이 우리 시대의 창작 형태일지도 모른다. 한때는 두 손 안에 담아둘 수 없는 시간의 흐름 속으로 사라져버린 위대한 작가들을 떠올리며 이렇게 쓰고 있는 게 종이 값이나 올리는 일이 아닌가 싶었지만, 어느 날 그런 마음을 훌훌 털어내었다. 세상에 많은 작가들과 그들의 작품 앞에 서서 초라함과 열등감을 느끼는 일도 어쩌면 겨루어보고 싶다는 나의 잠재된 욕망 때문이 아닐까 해서…. 다른 일보다 글을 쓰는 게 좋으니 쓰는 것이고, 뒤돌아 견주지 말고 나만의 느낌으로 내가 살고 있는 이 세상과 사람들에 대해 진심으로 쓰면 그만 아닌가, 하니 마음이 편해졌다.

그 날, 남한강변의 한 그림이 나를 한동안 인왕제색도 속에서 살게 했다.

'자, 이제 봄이 되면 인왕산을 오르자.'

행복

음악을 좋아하게 되는 길은 여러 가지가 있다. 나는 그 길을 영화의 힘에서 많이 빌렸다. 영화를 먼저 보고 나서 영화의 배경 음악으로 나온 음악들에 감동을 받아 음반 가게로 달려가 CD를 구입하거나 다운을 받아 자주 듣는다. 때로는 이와 반대로 음악을 먼저 알고 좋아했는데, 그것이 영화에 나오면 절대 잊지 못하는 나만의 불후의 명작이 되는 경우도 있다. 때론 영화의 한 장면이 가슴에 와서 가시처럼 박혀 빠지지 않기도 한다.

베토벤 자신이 가장 좋아하는 곡은 바로 〈영웅〉이라고 했다는데, 사실 나는 평소에 이 음악에 대해 그다지 감동을 받지 않았다. 그런데 영화 〈솔로이스트Soloist〉를 보고 완전히 빠지고 말았다. 한동안은

이 곡을 연주하는 공연을 우선으로 예매를 하고 열심히 들으러 다닐 정도였다. 실화를 근거로 만들어진 이 영화는 줄리아드에서 공부를 한 바이올린의 천재지만 약간의 정신 분열증을 갖고 있어서 길거리에서 쓰레기를 줍는 남자와 L.A 타임즈 기자가 서로를 알아가는 모습을 그리고 있다. 인간에 대한 이해와 소통이라는 의미 있는 주제가 영화 전반에 깔려 있는 감동적인 스토리이인데, 그 많은 장면 중에서도 나는 한 장면 앞에서 마음이 우뚝 멈추고 말았다.

공원이나 길가에서 혼자 두 줄짜리 바이올린을 연주해 솔로이스트로 불리는 그가 노숙자의 남루한 옷차림을 하고 이젠 친구가 된 기자의 도움으로 L.A 필하모닉 오케스트라가 연주하는 리허설에서 듣게 되는 베토벤의 교향곡 3번 〈영웅〉 1악장. 리허설 연주회장에 들어서는 순간 들려오는 선율 앞에 주인공이 눈을 감고 황홀경에 빠져 듣는 광경에서, 나는 마치 내가 그 자리에 서 있는 것 같은 착각이 들었다. 그 음악은 그 어느 곳에서 듣던 것보다 내 가슴을 흔들어댔다. 그 비운의 천재 바이올리니스트의 내면에 숨겨져 있던 모든 감성이 한 순간의 음으로 되살아나는 감동의 순간에 나는 완전히 감정이입이 되어 동일 인물이라도 된 듯했다. 나는 CD를 급히 찾아 한 음 한 음을 마음에 새기며 듣고 또 들었다. 이제 더 이상 이 곡은 예전에 내가 듣던 평범한 곡이 아니다. 음악은 하나이지만, 듣는 이의 마음의 상태와 상황에 따라 완전히 다른 곡이 된다.

또 〈더 콘서트The concert〉라는 영화를 보고 난 뒤 차이코프스키의 바이올린 콘체르토 D장조 35번에 사로잡혔다. 감독은 영화의 가장 중요한 마지막 콘서트 장면을 위해 차이코프스키의 협주곡을 준비했고, 이 음악만큼 짧은 순간에 완벽한 감동과 아름다운 멜로디를 선사해주는 작품도 의외로 그리 많지 않다는 평을 받았다. 나는 하루 종일 그 격정적이고 어두운 정열의 선율을 들으며 강력한 에너지라도 되듯 내 몸속에 받아들였다. 지금도 내 안의 감정들이 밋밋하고 기운이 빠지면 듣는 음악들 중에서 단연코 맨 선두에 있는 곡이다.

생각해 보면 종교인들이 산에 들어가 산 기도를 하거나 철야 기도를 하며 이 우주의 삼라만상의 기운을 받으려 애쓰듯이, 어쩌면 나는 이 음악의 기氣를 받고 싶은 지도 모른다. 음악의 뮤즈들이 천상에서 이 지상으로 내려 보내는, 사람의 정신과 육체를 통해 나오지만 그것은 분명히 영혼의 소리임에 틀림없는 인간 정신의 숭고함을…. 집에서 음반으로 듣는 것도 좋지만, 형편만 되면 공연장에 가려는 이유도 어쩌면 아주 가끔이지만 음악에 대한 이런 감응의 순간을 한번이라도 더 맛보고 싶어서인지도 모른다. 때론 영화가 끝나고 산 CD에 실망할 때도 있지만, 음악가나 음악을 새로이 알게 되었다는 것만으로 위안을 삼곤 한다.

나는 강의를 할 때에도 학생들에게 음악을 자주 듣고, 싼 티켓이라도 사서 공연장에 가라고 한다. 가서 반은 눈을 감고 졸고 오는 한이 있더라도 그 곳에 가라고 권한다. 내가 아는 어느 성악가는 때로 음악회에서 졸기도 하는데, 잠깐이지만 아주 달게 잔다고 한다. 무의식 속에서도 몸과 마음이 제 혼자서 음악을 듣기 때문에 피곤이 사라진다며 농담 반 진담 반으로 얘기하는데, 나는 아주 틀린 이야기는 아니라고 생각한다.

공연장에 오는 사람들 중에는 여유가 있어서 비싼 티켓을 사서 오는 사람도 있겠지만, 굳이 좋은 좌석이 아니면 어떠랴. 그 곳에 가면 멋지게 차려입은 남녀노소들이 가득하니 간 김에 뜻하지 않은 눈 호사도 좀 하고, 왠지 다른 곳보다는 인간으로서의 품격이 좀 있는 듯 느껴지니 다른 데에 돈을 쓰는 것보다는 근사하지 않은가. 더욱이 자꾸 나이가 들면서 감정이 메말라가고 눈물 한 방울 흘리기가 어려워지는데, '뮤즈의 여신'이 내려와 내 곁에 서는 날이 온다면 얼마나 환희에 찬 인생의 순간이 될 것인가.

지난해 여름, 아주 더운 한낮이었다. 나는 슈퍼에 장을 보러 가다가 아파트 단지 내 작은 공원의 벤치에 잠시 앉았다. 귀에 이어폰을 끼고 음악을 켰다. 바흐의 클라비에르 콘체르토 5번, 영화 〈언터처블Untouchable〉에 나오는 곡이다. 순간, 갑자기 회색 콘크리트로 이루어진 아파트 숲이 대자연의 더없이 아름다운 풍경으로 변하고, 뜨거운 여름의 열기가 시원한 한 자락의 바람에 날아가 버리는 듯 했다. 30분 간의 벤치에서의 음악 감상회로 더위에 지친 마음마저 차분하게 내려앉았다.

아무르

〈아무르Amour〉라는 영화를 보았다. 행복하고 평화로운 노후를 보내던 음악가 출신의 노부부. 어느 날 아내가 갑자기 마비 증세를 일으키면서 그들의 삶은 하루아침에 달라진다. 남편은 반신불수가 된 아내를 헌신적으로 돌보지만, 하루가 다르게 몸과 마음이 병들어가는 아내를 바라보면서 결국 선택의 기로에 놓이게 되는 스토리이다. 80이 넘은 두 노인이 인생의 마지막 장인 '죽음' 앞에서 서로를 사랑하면서 서서히 다가오는 그 날을 맞이하는 과정을 담담하게 그려냈다. 삶과 죽음에 대해 다시 한 번 진지하게 생각하게 하는 영화였는데, 유난히 중년 남녀들이 영화관을 가득 채우고 있었다. 나에게도, 너에게도, 우리 모두의 미래에 다가올 노인들의 마지막 삶의 모습들. 영화를 보면서 내내 앞으로 어찌 살아야 할까, 하는 생각에 마음이 착잡했다.

현대 의학이 발달하면서 인간의 생명은 점점 길어지고 있고, 퇴직은 점점 더 빨라져서 우리 모두는 과거에 비해 두 배의 인생을 살아야 하는 기쁨과 슬픔이 교차한다. 누구에게나 가리지 않고 소리 없이 다가오는 노인성 질환들을 우리는 그저 속수무책으로 받아들일 수밖에 없는 것인지….

지난 가을에 시아버님이 95세로 돌아가셨다. 돌아가시기 전에 한 보름간 요양원에 계셨는데, 남편은 아직도 그때만 떠올리면 마음이 편하지 않은 모양이다. 젊은이래야 그저 의사나 간호사 정도이고 모두 아픈 노인들뿐이니 처음 오는 이에게는 사실 충격이 아닐 수 없다. 게다가 요양원에 처음 들어선 순간, 소독약 냄새보다는 노인 병원 특유의 냄새에 나는 속이 편치 않았다. 같이 사는 시누이나 연로하신 시어머님께서 뒷바라지하기가 어려워 그곳으로 옮기긴 했지만, 그렇게 시아버님을 홀로 두고 온다는 게 죄 짓는 것 같아 마음이 무거웠다. 그저 두 눈으로 바라보는 것만으로도 감당해 내기가 어려웠다. 힘들어도 집에 모셔야 하는 거 아닌가, 여기에 계시면 병이 더 악화되는 것은 아닌가 하여 모두들 마음속에서 이러지도 저러지도 못하고 갈등만 했다.

그때 병원을 왔다 갔다 하면서 나는 아, 결국 우리가 마지막으로 와야 할 곳이 여기인가. 이것이 현대인들의 마지막 모습인가 하여 가슴이 서늘했다. 사실 몇 년 전만 해도 요양원에 부모님을 보내면 무슨 고려장이라도 치르는 것처럼 주위의 사람들이 싸늘하게 쳐다보곤 했는데, 이젠 거의 당연하게 '요양원'이라는 말이 이 집이나 저 집에서 나온다.

도대체 인생의 끝을 어떻게 살아내야 할 지….

무슨 정답이 있는 것은 아니지만, 누구라도 인생의 마지막 장소를 그런 곳에서 보내고 싶지는 않으리라. 몇 년 전 친정아버지도 극구 거부하셔서 집에 계시다가 돌아가셨다. 그런데 나라면 어쩔 것인가. 나도 물론 싫다, 절대로. 그렇지만 바쁜 현대 생활 속에서 다른 방법도 없는 것이니 그렇게 할 수 밖에 없으리라. 나도 그랬고, 아마 후일에 내 자식들도 그런 상황이 벌어지면 어쩔 수 없겠지…. 누구라서 그런 상황을 원하랴마는 보내는 자식이나 가야하는 부모 둘 다 서글픈 것은 사실이다.

영화 속에서 남편은 아내의 자존을 지켜주기 위해 요양원에 보내지 않고 헌신적으로 뒷바라지를 하다가, 결국은 자기 자신도 아프고 힘들어지자 최후의 선택을 한다. 나는 그 장면에 대해 다시 한 번 생각해 보았다. 나라면, 내 남편이 그렇게 해주길 바랄 것인가. 당연히 동감이다. 나는 그것도 사랑이라고 생각한다. 사랑이란 때론 불에 델 듯이 뜨겁고 달콤하기도 하지만, 잔인한 상황도 지켜보고 바라봐야 하는 책임이 있는 게 아닐까.

친정아버지는 돌아가시기 전에 담담히 죽음을 받아들이셨고 어

떠한 인공적인 조치도 하지 말라고 주치의에게 다짐까지 받아둔
터라, 슬픔 중에도 마음 한편이 편했었다. 게다가 당신의 삶을 잘
즐기고 사신 분이라 돌아가신 뒤에도 가슴이 덜 아팠다. 하지만 어
머니는 애절하리만치 더 살고 싶어 하셨고 삶을 놓칠 수 없어 하셨
다. 게다가 사는 내내 여자로서 그다지 편하지 않으셨던 지라, 자
식들이 모두 가슴이 깊게 베이어 상처가 아물질 않았다.

두 분이 연이어 3개월을 사이에 두고 돌아가셨을 때, 나는 인생
에 대해 다시 생각하게 되었다.

'내가 잘 살자. 아쉬움이 남지 않도록 지금 하고 싶은 일을 하면
서 살도록 하자. 미래를 위해 현재의 시간들을 저당 잡히지 말자.
내가 잘 살아야 자식들이 내 마지막 모습에서 편해질 것이다.'

또 내겐 아버지 같았고 참으로 존경하던 H 교수님께서 돌아가
시고 난 뒤 이 세상엔 나만이 할 수 있는 일도 없고, 나 없이도 세상
은 무서울 만치 잘 돌아간다는 사실에 허무함과 두려움을 동시에
느꼈다. 이 냉정한 삶의 순환 법칙이 섬뜩했다. 그 후로 나는 삶과
죽음에 대해 좀 냉소적으로 되었다. 지겨울 만큼 실컷 오래 살거
나, 아쉬움 없이 즐거이 살거나, 미친 듯이 일하다가 가거나, 사람
들을 실컷 사랑하며 봉사하면서 살거나, 어쨌든 미련을 남기지 않
는 인생이 되자고 다짐했다.

남편은 시아버님이 돌아가신 뒤 몇 번을 혼잣말처럼 얘기했다.

"그저 한 사람만 이 세상에서 사라지는 거야. 아무 소리도 흔적

도 없이 사라지는 것! 그리고 어느 날 사람들의 기억 속에서 순식간에, 완전히, 사라지는 것!"

그 순간 나는 영어로 '죽었다'는 말이 'Die' 보다는 'Pass away' 라는 말이 더 맞다는 생각이 들었다.

퇴직과 더불어 노인이 되면 갑자기 무슨 굉장한 로또라도 받은 듯 시간들이 무진장으로 다가온다. 시간을 쪼개어 미친 듯이 살아온 사람들은 이런 느닷없는 선물에 영 낯설고 서툴어한다. 때론 당황스럽기까지 한 것 같다. 이웃 나라에선 99세에도 시집을 낸 노시인이 있고, 우리 주위에도 새로운 언어를 배우거나, 시간이 없어 평생 해보지 못했던 일들을 도전하는 분들도 제법 많다. 하지만 그 모든 것도 건강이 허락하는 그 순간까지만, 죽음이 코앞에 오기 전까지만 할 수 있는 일일 것이다.

지금 이 순간 나는 생각한다. 사람은 어차피 혼자 태어나 혼자 떠나지만 누군가 한 번이라도 쳐다보아 줬다면 슬퍼할 일이 없다. 우리가 나이가 들어 이 세상에서 할 수 있는 일이란 게 점점 적어지더라도, 자식과 부모가 사랑하고, 부부가 서로 사랑하며 그 끝을 낼 수만 있다면 그것으로 족하다.

삶은, 우리의 삶은 그렇게 영원히 지속된다. 아무르Amour.

촉루燭淚

음악회가 있는 날이면 나는 아침부터 준비를 한다.

피아노 콘서트가 있는 날이면 피아노 음반을 절대 집어 들지 않고, 오페라나 뮤지컬을 보러 가는 날에는 노래 선율이 있는 것은 될 수 있으면 듣지 않는다. 그래도 굳이 음악이 필요하면 외국 팝송이나 우리나라 대중음악을 듣는다. 이것은 두 장르가 서로 바뀔 경우에도 마찬가지이다. 차라리 아예 '음音' 자체를 안 듣거나 분야가 다른 상대편의 음악을 듣는 게 그날 밤 펼쳐질 음악회와 연주자, 나 스스로에 대한 예의라고 나름대로 엉뚱한 생각을 하고 있다.

그것은 기다림이다. 음악으로 난 길을 향해 걸어가는 기다림.

만약 오랫동안 기다린 음악회라면 나는 하루 종일 라디오의 음악도 듣지 않으며, 한 2~3일 전부터 과도한 모임은 삼간다. 연주회 당일은 물론이고 전날에도 될 수 있으면 약속을 피할 때도 있다. 몸이 피곤하면 정신이 세상의 모든 것을 받아들일 여유를 못 갖는다. 특히 머릿속이 복잡하거나 일거리에 휘둘려 마음이 바쁘면 몸 안에 음들이 전혀 들어오지 않는다. 아니 음들이 자기 자신을 내어 놓지 않는다. 자기를 위해 준비하지 않는 사람들에게 아름다운 음을, 숭고한 예술 세계를 보여줄 수 없다는 듯이…. 무대 위의 음들이 저 혼자서만 춤을 추고 다른 이들을 향해 웃어 줄 때, 나는 매몰차게 버림받는다.

음악회 티켓을 예매해 놓고 기다리는 시간은 마음이 설렁거린다. 6개월을 넘어 기다릴 때도 있고, 2~3개월 정도 짧게 기다릴 때도 있다. 기다리면서 나는 그 사람의 음악에 대해 알아보기도 하고, 듣기도 하며 즐긴다. 인터넷이나 책을 뒤지며 공부하기도 한다. 모르는 게 많다는 것은 행복하기도 하다. 아직 무궁무진한 호기심의 세계가 나를 지루하지 않게 이끌기 때문이다. 때론 연주회 풍경을 떠올리며 무슨 옷을 입고 갈까 행복한 고민도 한다. 이런 잡다하고 시시한 생각들이 나를 안식처처럼 쉬게 하고, 매순간을 이겨내며 살아가는 힘이 된다. 달력에 공연 날 표시로 동그라미를 쳐 놓으면 그 순간부터 내 몸에서 에너지가 방출된다. 열심히 일해야지, 이 모든 일에 감사하며 몸을 아끼지 말고 일해야지, 한다. 나만이 아는 비밀스런 보답을 생각하며….

지난 4월 초 피아니스트 친구의 연주회가 있었다. 그 주간엔 다른 사람의 피아노와 호른 연주회도 있었다. 봄이 오긴 왔나보다 하며 연주를 들으러 갔다. 그녀는 '열정'의 타이틀을 달고 피아노의 첫 음을 치기 시작했다. 베토벤의〈32 Variation in C minor〉는 뭔가 부드러우면서도 새롭게 느껴졌고, 〈열정〉은 다 외울 정도로 많이 들은 곡이라 그런지 머릿속으로 일일이 계산이 맞춰졌다. 날카롭고 차가운 CD로 너무 들어서인지 몸에 착 붙지는 않았다. 오히려 연주회를 준비하느라 어느 날 거의 7시간을 열정적으로 연습을 하다 다음 날 컨디션이 안 좋아 고생했던 것을 본 지라, "어휴…" 하며 안쓰러운 마음이 먼저 들었다. 관객들은 무대 위를 바라보기만 하면 되지만, 연주자들은 무대를 온 몸으로 만들어내야 한다. 하지만 고통도 행복이리라. 그게 절실하거나 진실이라면….

사실 음반으로 지나치게 몸에 익힌 곡들은 감흥을 받기가 쉽지 않다. 오히려 평소에 약간 설렁하게 들은 곡들을 연주자가 훌륭히 들려줄 때 감동이 더 크게 다가오는 것 같다. 연주회에는 그 순간 그 장소만의 호흡이 있고, 관객과 연주자 사이의 흥분되는 공간이 있기 때문이다. 아우라라는 말로 다하기에는 설명이 모자라는 그 내밀한 공간이 분명하게 존재한다. 그래서 우리는 그곳에 간다.

인터미션이 끝나고 올해 탄생 200년이 되는 리스트의 곡이 준비되어 있었다. '리스트' 하면 나는 등허리가 서늘해지거나 마음 한 구석에서 뭔가가 '쏴아~' 하며 떨어지는 소리를 듣는다. 몇 년 전

힘들었던 시간들이 불현듯 떠오르며, 마치 환지통幻肢痛처럼 아문 상처 끝이 되살아남을 느낀다. 그래서인지 나는 집에서 리스트를 잘 듣지 않는다. 가끔 들어도 그때만큼의 감흥은 오지 않는 탓이기도 하지만, 마음 깊은 속에 두려움 비슷한 게 있어서인지도 모른다. 다시 그 계곡으로 내려가 헤매고 싶진 않은…. 그때 이 피아니스트 친구가 몸에 음악이 안 들어오면 이제 치유가 다 된 거예요, 했었다. 소설가 한수산은 인간으로서 겪기 어려운 모진 일을 당하고 제주도에 내려가 있을 때, 크리스토프 에센바흐가 연주한 모차르트의 〈피아노 소나타 K. 331〉 음반을 통해 자신을 가두었다고 한다. 나에겐 리스트의 곡이 그랬다.

그녀는 리스트를 참 잘 친다.

때론 저 사람이 뭘 저렇게 목숨을 걸듯이 피아노를 치나 싶기도 하고, 피아노와 연애라도 하는 듯 빨려 들어가 실연의 쓰라림이나 사랑의 완성을 보여주기도 한다. 이 세상에 오로지 피아노 한 음만이 존재하는 것처럼 몸 안의 모든 숨을 죽여 손 끝 하나에만 숨을 불어넣기도 하며, 때론 연인의 상기된 볼을 만지기라도 하듯이, 혹은 불타거나 식어버린 가슴을 두 손에 안은 절실한 손길인양 그렇게 피아노를 친다. 지극하게, 참으로 지극하게 한 음 한 음을 친다. 진지함에는 무거운 엄숙함이 들어있지만 지극함은 가득 차 있으면서도 비어있다. 몸과 마음을 올곧이 다 바친 정성이 저절로 느껴진다.

음音에서 배어나오는 반향, 그 울림이 나의 촉루를 건드렸다. 이

건 또 뭔가, 아직도 내 몸속에 치유될 것이 남아 있었던가. 두 손으로 코를 움켜쥐고 연주를 다 들었다. 훌쩍거림이 연주가와 관객들에게 폐해인지 감동의 연속선이 될 수 있는지는 알 수 없지만, 드러내기 싫어 꾹 참았다. 봄날의 비릿한 슬픔마저도 유치하게 느껴야하는 무덤덤한 나이가 아니던가.

연주회 뒤풀이에서 지인들과 함께 한 잔의 시원한 맥주로 속 안의 갈증을 풀었다. 눈물 섞인 슬픔이 맥주의 거품 속으로 사라져가고, 나의 봄날은 그렇게 떠나갔다.

101번째 모차르트

우연한 기회에 음악 극본을 쓰게 되었다. 지난 10년간 라디오 드라마를 쓴 게 인연이 되었다. 1시간 30분 동안에 클래식 음악을 40분 정도 연주하고, 나머지 시간은 한 음악가의 일생을 연극으로 만들어 공연을 하는 것이다. 한 편의 공연으로 음악가의 음악과 일생을 대강이나마 보여 주자는 기획에서 출발하였다. 처음 공연으로 베토벤을 골라 음악극 '재미있는 베토벤의 음악 속 이야기'를 만들었는데 다행히 호평을 받아, 공연 기획사와 다시 계약을 하고 모차르트를 올리기로 했다.

우선 나는 책방으로 가서 모차르트에 관한 책을 여섯 권 골라왔다. 사실 그의 음악을 좋아하기는 하지만 광팬은 아니고, 그저 영화 '아마데우스'나 누구나 익히 아는 정도의 수준에 불과하다. 게다가 바로 앞서서 그에 관한 뮤지컬이 세종문화회관에서 성대하게 열렸고, 무엇보다 영화를 통해 본 모차르트의 인상이 너무 진해서 어디에다 초점을 맞추어야 할지 답답했다. 작가로서 같은 이미지를 차용해서 쓴다는 것은 자존심에 관계된 일이다.

그에 관한 책을 읽다보니 모르는 게 너무 많았다. 100곡이 들어 있는 CD를 시간 나는 대로 듣고, 책에 밑줄을 쳐 가며 몇 번을 읽자 안개 같던 캐릭터가 차츰 보이기 시작했다. 그 기미를 얼른 낚아챘다. 시놉시스를 빨리 달라는 기획자의 독촉에도 한 줄 못쓰고 끙끙대던 터이라 대충이라도 얽어맬 수 있으니 숨을 좀 쉴 것 같았다. 속으로 어떤 반응을 보일까 궁금했지만 '에이, 아니면 말라지 뭐' 하며 애써 통이 큰 척 무심했다.

나이 어린 사람들과 함께 공동 작업을 하다보면 괜히 미안한 생각도 없지 않다. 아무리 괜찮다고 해도 자기네들 입장에서 보면 나이든 작가 선생님을 모시고 일해야 하고 보이든 안 보이든 대접해야 한다. 내가 아무리 마음을 내려놓고 가깝게 다가서도 거기엔 분명한 선線이 있다. 나이를 확 뜯어서 기획자나 연출가, 배우들과 같아지고 싶지만 단지 희망사항일 뿐이다. 나이가 들었다는 게 힘을 가질 때도 있지만 열등의식에 사로잡히게도 한다.

하지만 넓게 마음을 펼치면 참 좋은 일이다. 아직 처음이든 꼴찌든 어딘가에 끼어 공동 작업을 할 수 있고, 그 결과물을 마음 졸이며 지켜 볼 수 있다는 건 행복이다. 뭐 그렇게까지 하냐고 하지만 나는 이번 기회에 모차르트에 대해 더 알고자 그의 음악을 열심히 듣고 책과 자료를 읽는다. 그러는 중에 얻는 기쁨이 생각보다 크다. 이런 기회가 아니면 언제 그의 곡 100곡을 듣게 될 것이며, 세세한 일들을 알게 될까. 어디를 가다가도 '모'자만 나오면 눈이 저절로 돌아간다. 관심이 있으니 모든 게 그것과 연결된다.

'죽기 전에 해야 할 100가지 일, 가 보아야 할 여행지 100 곳' 등등이 있어서가 아니라, 기회가 왔으니 핑계를 대고라도 새로운 세계를 알고 싶다. 이때가 아니면 언제 이렇게 집중해서 들으랴. 아직 감성이 마르지 않았을 때 좀 더 들어두어야 할지도 모른다. 나의 스승이었던 모촌 선생께서 늘 하시던 말이 귀에 쟁쟁하다. "에구, 젊어 눈 좋고 정신 좋을 때 책을 좀 더 읽어둘 걸. 그땐 몰랐는데 참 아쉬워."

인식에 대한 인간의 끝없는 욕구. 지나치면 병이 될 수도 있겠지만 그것이야말로 나를 지탱시켜 주는 삶의 끈이고 에너지이다. 때로 지나치면 힘들기도 하지만, 아직은 놓치고 싶지 않다. 세월이 흐르면 그도 저도 다 부질없고 시시하며 덧없게 여겨질지언정 그나마 그런 욕망이 남아 있다는 게 때론 더없이 감사하다. 아름다운 음악을 한 곡 들었을 때와 전혀 몰랐을 때와의 차이는 있다. 무언가를 새로이 알았다고 해서 당장 구체적이고 물질적인 이득이 생기는 것은 아니지만, 분명 삶은 조금씩 변해 가는 것 같다. 인생을 바라보는 시각이 달라지니 나도 변하고 세상도 따라 변한다.

　잘 아는 피아니스트가 열정적인 연주를 끝내고 나올 때였다. "우리는 이렇게 편히 앉아서 좋은 음악만 들어서 갑자기 미안한 생각이 드네요." 했더니, "걱정 마셔요. 저는 피아노 연주회 준비를 하는 동안 한 곡이나 한 구절을 집중적으로 연습하면서, 그 음악가하고 매일 새로운 길에서 만나는 기쁨을 누린답니다." 라고 웃으며 답한다. 그래. 우리는 이렇게 각자 생긴 대로의 모습으로 세상의 모든 대상들을 바라보고, 해석하고, 자기만의 느낌을 갖고 사는 것이다. 누구에게만 있는 특별한 기쁨이 아니고, 어느 한 사람에게만 주어지는 고통이나 슬픔이 아니다. 다만 바라보는 시선이 다를 뿐이다. 그들 각자의 개성적이고 독특한 시선으로….

　'신의 기적'으로 태어나 천재라는 이름표를 달고 짧고도 긴 35년의 세월을 산 모차르트. 그 중 14년을 마케팅의 귀재였던 아버지 레오폴드의 손을 잡고 집을 떠나 유럽 전역을 여행하며 살았으며, 600여 편의 음악을 작곡했다.

　지금 같은 인터넷 시대에서야 그 작곡의 숫자가 대단해 보이지 않을 수도 있겠지만, 시절이 다르다. 그의 단명에 대해 너무 일찍 시작한 고된 여행을 원인으로 보기도 하고 과로사였다는 평론가도 있다. 그래서 키도 자라지 못했고 눈도 약간 튀어나왔으며, 귀도 일천 명 중에 하나 나오는 기형이어서 이비인후과 의사들이 그런 귀를 '모차르트의 귀'라고 했다는 이런저런 뒷얘기가 분분하지만,

영화 속의 경박한 이미지는 아니라고 생각한다. 그를 알아갈수록 지나치게 극화되었다는 느낌을 지울 수 없다. 푸쉬킨이 쓴 희곡 〈아마데우스와 살리에르〉의 이미지가 너무 강했던 것일까.

위대한 천재 음악가와 순수한 소년이 그 안에 함께 존재했다, 고 생각한다. 101번째 모차르트 곡을 기다리며 내 가슴은 두근거린다.

구멍

바람 불어 좋은 날, 아르코 미술관에 갔다. 생태여성주의자라 불리며 여성의 삶을 집중적으로 조명해 온 윤석남의 전시회는 70세 노 여류화가의 열정적인 에너지의 응결체라는 점에서 끌렸다. 무엇보다도 인간중심적 사고에서 벗어나, 자연과 더불어 평화롭게 사는데 그 가치를 둔다는 점이 마음에 들었다.

그러나 사실 큰 기대 없이 전시회장을 들어섰다. 큐레이터가 설명을 해주겠다며 안내를 했다. 나는 뭐가 그려져 있나 하며 화랑의 코너를 무심히 돌았다.

순간, 막혔다. 내 숨이 그냥 콱 막혀버렸다.

개다. 500여 마리의 개들이다. 내가 벽을 돌아 자기를 봐 주기를 숨죽이고 기다리고 있는 개의 무리. 그 넓은 1층의 화랑이 '나무로 만든 개'들로 가득 차 있었다. 이럴 수도 있구나, 싶었다.

그 개들은 모두 유기견이다. 1층과 2층의 전시장에 등장한 개들은 모두 1,025 마리. 그들은 어둠 속에서 말없이 앉거나 서 있었다. 사실 하나의 나무 조각일 뿐이지만 내게는 모두가 살아있는 생명처럼 느껴졌다. 금방이라도 살아나 나의 가슴으로 파고 들 것만 같았다. 모두 슬픈 표정을 짓고 있었고, 두 눈에서는 금방이라도 눈물이 흘러내릴 듯 했다. '우우~'대며 낮게 울어대는 소리가 내 귀에 환청처럼 들려왔다.

어느 날 신문에서 버려진 개들을 모아 돌보는 한 할머니의 기사를 읽고 직접 찾아간 화가는 버림받은 개들을 보고 충격을 받았다고 한다. 그런데 버림을 받은 것은 주인을 잃거나 병든 개뿐만이 아니라 건강하고 예쁜 개들도 있었다. 동물을 사람과 같은 생명으로 보기보다는 그저 즐거움을 위한, 놀다 귀찮으면 버리는 장난감으로 생각했다는 데에 그녀는 더 큰 상처를 받는다. 화가는 집으로 돌아와 나무를 자르고 개 모양으로 드로잉을 하며 나무 조각을 완성해 나간다. 버려지고 비참하게 죽어간 생명들을 애도하고 그들의 영혼을 위해 기도하면서….

구멍. 구멍이 나를 붙든다.

개들의 가슴 한 가운데마다 구멍이 휑하니 뚫려 있다. 사람에게 버림을 받은 가슴속의 상처를, 화가는 뚫린 구멍으로 표현했다. 예리한 칼날로 야멸차게 구멍을 뚫는 그녀의 손가락이 분명 아팠을 것이고, 아마 그녀의 가슴은 사람들의 비정함에 더 크게 뚫려 바람이 숭숭 들어왔을 것 같다.

목이 메더니 가슴이 답답해진다. 참아보려 입을 꼭 다물었지만 어느새 눈물이 후두둑 떨어진다. 무서웠다. 나는 그들의 눈이 무서웠다. 슬프다고 한마디로 말할 수조차 없는 그런 슬픔이, 슬픈 듯 애처로운 듯 사랑을 갈구하는 개들의 눈망울이 내 가슴에 와 박힌다. 어느 시인은 버려지는 것보다 잊히는 게 더 아프다고 했지만 무슨 차이가 있으랴. 사람들의 손길과 기억 속에서 소멸된다는 자체가 바로 지극한 고통이고 슬픔일 텐데….

버려진 개와 화가와 내 가슴이 아릿하게 하나로 이어진다. 세 개의 가슴에 뚫린 구멍사이로 긴 터널을 통과하는 회오리가 세차게 불어오고, 나는 그 자리에서 움직이지 못하고 고스란히 그 바람을 맞는다. 불어오는 바람 속에 지나간 시간 동안 버려졌던 내 삶의 부분 부분들이 그 창을 연다. 닫아 두었던 창문 안에는 구멍이 뚫린 낡은 보따리들이 구석에 덩그러니 놓여 있다. 그 어느 시점에선가 분명히 단정하게 꿰매주어야 했을 것이지만, 구멍들은 너덜거리며 닳아진 채로 그대로 버려져 있다. 살짝 건드리기만 해도 그 안의 어두운 상처들이 내 가슴을 후벼댄다. 시간이 아무리 흘러도 절대 아물어 지지 않는 것들….

전시회에 가기 바로 전에 〈피아노, 솔로Piano, solo〉라는 영화 한

편을 보았다. 불과 40세의 나이로 자살을 한 이탈리아의 천재 피아니스트 루카 플로레스Luca Flores의 비극적인 삶과 죽음을 그린, 실화를 토대로 한 영화이다. 그는 8살까지 보낸 아프리카에서 가족들과 행복한 나날을 보내지만, 어느 날 가족과 외출을 하던 중 불의의 교통사고로 운전을 하던 어머니가 죽는 모습을 바로 눈앞에서 목격하게 된다. 그의 비극적인 삶은, 그렇게, 시작된다.

어머니를 잃은 그의 충격은 어린 시절 가족들을 집에 두고 떠난 아버지에 대한 원망으로 바뀌고, 청년이 되어서도 아버지와 묘한 갈등을 겪게 된다. 이 끔찍한 사고에 대한 기억과 트라우마는 그의 삶에 평생 어두운 그림자를 드리우고 만다. '재즈 피아노계의 모차르트'라 불릴 정도로 천재적인 재능을 가졌지만 끝내 자신의 불우했던 유년 시절을 끌어안지 못하고, 마음에 깊이 박혀버린 상처를 극복하지 못해 결국 자살이라는 선택을 할 수 밖에 없었던 피아니스트의 눈길이 내내 아른거려 눈이 아팠다. 다른 뮤지션들과 협연을 하고, 여인들과 사랑도 하지만, 어머니의 죽음이라는 내재된 고통 속에서 평생 홀로 외롭게 살았던 그였기에 〈피아노, 솔로〉라는 영화 제목이 더 아련하게 느껴졌다.

오늘의 이 감정이입은 어쩌면 그 시점부터 준비되어진 것인지도 모른다. 그래. 오늘은 그런 날이다. 슬픈 일들이 가득하고, 슬픈 사람들이 유난히 곁에 가까이 느껴지는 날일뿐이다, 라고 나는 생각하기로 했다.

그날 나는 가슴에 구멍을 안고 서 있는 개들이 살아나 내 곁으로 다가오는 것을 보았다. 나에게 그것은 단지 나무 조각이 아니다. 개들의 울음이 내 귀청을 흔들어대고, 세상의 모든 생명있는 것들의 상처가 가슴으로 들어왔다. 우리는 서로를 위로했다. 화가는 그 전시회에서 버림받아 상처받은 뭇 생명들을 위해 한바탕 진한 살풀이를 추더니, 구성진 진혼곡까지 불러주었다. 미술관을 나오며 나는 다시 내 안의 창을 닫고 돌아섰다.

라벤더의 연인들

혼자서 영화를 보는 일은 즐겁다. 더욱이 이른 아침에 조조영화를 보는 일은 조용하기도 하려니와 반값으로 본다는 소박한 기쁨마저 있다. 그날 나는 오후의 약속 하나를 두고 아침 나절의 비어 있는 시간을 이용해 광화문의 M극장으로 향했다. 미리 예매를 하지 않아서 한 시간 정도 일찍 느긋한 마음으로 도착했는데, 영화관이 온통 사람들의 소리로 웅성거렸다. 원래 이 극장의 조조엔 관객이 열 명 안팎인데 웬일인지 초로에 가까운 중년들로 가득했다. 아침부터 이게 무슨 일인가 생각하며 틈을 비집고 겨우 구석 자리 표 하나를 샀다.

나는 우선은 호기심보다는 나의 고요한 아침의 기쁨을 잃어버렸다는 이유로 이마 위에 내 천川자 하나를 그렸다. 그룹으로 단체 관람을 하러 온 그들은 와자하게 떠들면서 극장 내의 로비를 삽시간에 점령해 버렸다. 나는 아침부터 이러니 오늘 하루 일진이 안 좋겠구나 하는 이기적인 생각을 하며 그들을 바라보았다. 가만히 보니 대부분 고상하고 제법 여유가 풍기는 옷차림들이다. 그런데 이른 아침에 왜일까 싶었다. 이 시간에 그런 중년들을 떼로 보는 일은 내 조조관람 역사상 흔치않은 일이기 때문이다. 순간 번쩍 스쳐가는 것이 있었다.

이런, 영화 때문이구나. 이 영화의 제목은 〈라벤더의 연인들 Ladies in Lavender〉, 영국의 유명한 노배우인 쥬디 덴치와 메기 스미스가 출연한다. 영국의 한적한 바닷가 마을에 살고 있는 두 자매 자넷과 우슐라. 폭풍우 치던 어느 날 그들 곁으로 한 젊은 바이올리니스트가 찾아오면서 두 사람의 잔잔한 일상에 물결이 일기 시작한다. 백발이 성성한 할머니(동생 우슐라)에게 난생 처음 찾아온 사랑 이야기. 이루어질 수 없다는 걸 뻔히 알기에 자신의 가슴을 내리 누르는 그녀의 손길에 눈물이 묻어나고, 머리카락을 몰래 간직하다 바람에 날려 보내듯이 다시 일상으로 돌아가는 그녀 우슐라의 섬세한 떨림과 느낌이 조슈아 벨Joshua bell의 바이올린 선율에 더해 애처로운데, 그런 동생을 바라보는 언니의 눈길은 안타까움과 따뜻한 이해와 자매애로 촉촉이 젖어든다는 스토리이다.

아, 사랑. 그것도 노년의 사랑.

순간 한 대 얻어맞은 기분이 들었다. 헛웃음마저 나왔다. 나도 중년에 접어든 나이이고 사람의 감성을 다룬다는 작가이면서 영화관에 모인 그들의 마음을 그리도 늦게 알아차리다니, 난 아직 멀었구나 싶었다. 그들보다는 내 고적한 아침의 즐거운 시간을 빼앗긴 것만 속상해 했고, 극장 안에서 자리도 제대로 찾지 못해 떠들어대는 약간의 상식을 벗어나는 노인네스러운 행동들을 내내 못마땅해 했다. 젊은이들이 보면 나도 나이든 중년의 여자에 불과한데 조금 더 젊다는 이유로 그들을 단번에 '저 나이에 무슨…' 하며 노인네 취급을 하다니, 그래봤자 한 뼘 차이건만. 사람이란 게 어찌 이리도 이기적인 동물인지 자기가 느끼는 감정은 세상의 무엇보다도 소중하고 아까우면서, 남의 것은 새의 깃털보다 더 가볍게 보아 넘기는 이 모지락스럽고 둔감한 인간성이 부끄러워 나는 영화관의 어두운 불빛 속에 숨을 잠재우고 밑으로 숨어들었다.

러닝 타임 두 시간 동안 우슐라에게 다가온 사랑의 고통과 행복의 장면마다 터져 나오는 탄식의 소리, 남들 상관없이 뭐라 귓속말을 하는 소리, 중간 중간 추임새처럼 울리는 핸드폰 음악 소리도 어느덧 나에겐 아무런 문제가 되지 않았다. 이제 그것은 더 이상 소음이 아니다. 그들의 가슴 깊은 곳에 숨어 있던 사랑이 분출하는 달콤한 소리이다. 눈앞에서는 바이올린의 선율이 화면을 가득 채우고 있지만, 영화관 안은 온통 라벤더 향기로 진하게 취해가고 있었다.

영화관 엔딩 크레딧이 올라가는 것을 보면서 사람은 왜 사랑을 하는가, 왜 죽을 때까지 사랑을 포기하지 않는가 하는 생각을 했다. 저 나이가 되어서도 여전히 사랑에 미련을 둘 것인가, 아니면 사랑의 환상을 가슴 속에 남겨 두고 추억 속에서만 살 것인가 선뜻 입을 떼지 못한다. 그 모든 것을 포기하기엔 사람들은 항상 너무 젊지도 늙지도 않은 애매한 나이를 살아가는 것인지 모른다. 삶이 우리에게 내미는 손길을 잡을지 말지 갈등하며 생의 한가운데서 서성이면서….

나는 오늘 바로 이 순간이 내 인생의 화양연화이면 좋겠다는 생각을 한다. 미래의 삶이 어떻게 이어질지 상관없이 오로지 눈앞에 놓인 이 순간만을 위해 온 열정과 정성을 바치며, 눈앞의 삶을 온전히 생생하게 느끼며 살고 싶다. 삶이 아무리 지독한 허무의 얼굴을 하고 다가올지라도.

사람의 마음엔 주름살이 생기지 않는다는데 육신이 아무리 늙고 주름져도 사람의 감성이야 어디 쉽게 무디어지겠나마는, 달리 생각해 보면 너무 생생하게 살아 꿈틀대는 감성도 때론 힘에 겨우니 조금 둔해지는 것도 서러운 일만은 아닐 듯싶다. 우주의 순환 원리에 맞춰 몸도 늙고 나이도 늙어가는 게 더 자연스러운 일은 아닐까. 하기야 파블로 피카소 같은 정력적인 예술가도 있지만, 범인들이야 따라가기 어려우니 그저 예술가라는 이름 아래 내버려 두는 것도 마음 편한 일이다.

근처 음식점에서 다시 조우하게 된 그들은 어느새 영화 주인공의 심정이 되어 뜨겁게 이야기를 나누고 있었다. 단 한 번의 사랑에 인생을 바칠 수 있는 무모한 나이는 아니더라도, 사랑하는 마음을 잃지 않는 촉촉한 감성을 지니고 있다면 살아가는 일이 좀 나을지도 모른다.

〈라벤더의 연인들〉은 수많은 라벤더의 연인들을 상상 속에서, 추억 속에서 잠시 걸어 나와 첫사랑의 설렘을 다시 한 번 느끼게 한 영화였다. 마음이 어디에 있는지 손바닥 위에 내놓아 보라고 하면 할 말이 없지만, 그날 나는 분명 내 마음을 바꿨다. 마음을 바꾸니 세상과 사람들이 내 곁에 가까이 있었다.

세 번의 연주회

그녀의 살롱 연주회를 세 번 연이어 갔다. 일주일에 한 번씩 열리는 이 음악회는 30여 명의 작은 인원의 사람들이 모여 듣는 '주제와 해설이 있는 작은 피아노 연주회'이다. 넓은 공연장에서 듣던 음악에만 익숙해 있던 나는 가깝게 다가오는 공간의 친밀감에 약간 상기되었다. 그 지극한 공간 사이로 사람들의 숨결과 호흡, 맥박이 피아니스트에게로 초점이 맞춰지고, 2시간 동안 관객들은 공간속에서 한 몸으로 동질화된다. 그들은 숨조차 잠시 멈추기를 마다하지 않는다.

눈, 안광眼光이 지배紙背를 철徹하다

검고 늘씬하게 뻗어있는 그랜드 피아노 앞에 그녀가 '발라드 Ballard'의 향연으로 들어갈 준비를 하나 싶더니, 이내 손을 피아노 위에 내려놓고 연주를 시작한다. 하지만 내가 앉은 자리에선 피아노 치는 손은 보이질 않고, 피아노 위로 나온 그녀의 상반신만을 볼 수 있다. 쇼팽의 발라드는 전부 외워서 쳤고, 브람스와 리스트의 발라드는 악보를 보며 연주했다. 눈을 감고 칠 때는 마음속에 새겨둔 악보를, 눈을 떴을 때는 종이 위에 그려진 악보를 본다. 아니 그녀는 악보를 보는 것이 아니다. 그녀의 눈은 검고 흰 악보 속의 음표를 따라가며, 쇼팽과 브람스, 리스트의 영혼을 시공을 초월해 만나러 간다. 우리는 그녀의 몸속으로 들어와 다시 살아나는, 그들의 영혼을 깊이 느낀다. 그녀의 눈에 불이 시퍼렇게 켜진다. 순간, 그 작고 여린 몸속에 한 마리 킬리만자로의 표범이 있다.

발, 춤추는 발

오늘은 더 구석진 자리에 앉았다. 그녀를 잘 볼 수 없어서 눈을 감았다. 귀로 들어보고자 했다. 허나 뭐든 눈으로 직접 보는 것을 좋아하기에 어느새 눈이 떠졌다. 그러다 생각지도 않게 피아노 아래에 있는 그녀의 발에 눈이 갔다. 저런, 발도 있었구나. 우리는 대개 수면 위로 올라온 현상의 세계만을 쳐다보느라, 숨어있는 그 밑을 쉬이 지나칠 때가 많다. 피아노 아래에서 그녀의 발은 페달을 밟느라 분주했다. 보통 연주 때에는 마루라 딸각하며 구두 소리가 날까 조심하지만, 이 실내공연장은 카펫이라서인지 그녀의 발은 자유로웠다. 아니 어쩌면 사람들의 관심을 덜 받기에 오히려 더 자유로운지도 모른다. 뜨거운 시선을 피해 그녀의 발은 미친 듯이 격렬하게 춤을 춘다. 한 발은 남자 무용수처럼 페달을 꽉 밟아 중심을 잡고, 다른 한 발은 여자 무용수처럼 그 곁에서 들어왔다 나갔다 하며 온갖 몸짓을 다 연출한다. 어두운 공간 속에서 그들만의 뜨거운 밀회가 있다. 그날 밤 그녀의 발엔 '분홍 신'이 상징처럼 신겨져 있었다.

손, 고통과 환희의 몸짓

마지막 날에야 그녀의 피아노 치는 손을 볼 수 있는 자리에 앉았다. 하도 작고 가는 손가락이라 세게 치기도 어려운데, 오늘 그녀가 잡은 주제는 '춤곡'이다. 손가락 관절을 앓고 있는 피아니스트에게 춤곡은 부담일 수 있다. 배가 아픈 것 같다는 말을 연주할 때마다 빼놓지 않았다. 내가 마음 편하게 하라고 말하자, 그녀는 연주를 앞둔 피아니스트의 고통을 모르는 무식한 여자를 곱게 흘긴다. 설사 안다한들 무슨 도움이 되랴. 오로지 연주의 몫은 고스란히 그녀 것일 수밖에 없는데…. 나는 잠시 마음속으로 기도를 한다. 샤콘과 왈츠, 폴로네즈, 살사, 우아팡고Huapango로 이어지는 춤곡을 그녀는 피아노 위에서 아낌없이 연주했다. 그녀의 조그맣고 가느다란 손가락은 이미 그 존재성을 잊어 버렸다. 손은 이미 손이 아니다. 때로는 포효咆哮하는 광풍 같기도, 때로는 잔잔하게 다가오는 포말 같기도 했다. 그녀의 혈관 하나하나가 손에 모여 그녀의 육신의 고통을 담아내거나, 살아남은 자들의 고통을 휘감아 함께 손위에 얹는다. 세상이 환희로 가득했다.

그리고, 그 후⋯

일본의 독도 문제에 대한 규탄 시위로 광화문의 건물들 사이로 함성이 울리고 촛불이 일렁거리며 사람들의 얼굴을 비추던 그 날, 세 번의 연주회가 끝났다. 돌계단을 내려오는데 괜히 눈물이 나는 듯도 싶었다. 밤마다 벌어지는 저들의 순수한 열정, 또는 변질된 세상의 욕망, 예술에 대한 뜨거운 감동과 한 명의 피아니스트가 내뿜는 무한한 힘이 뒤섞이며 나에게 다가와 내 온 몸속에서 휘몰아쳐댄다. 정수리 끝이 아찔해져 길가에서 한참을 서 있었다. 내 옆으로 사람들이 지나가고, 차량들이 그날 밤 끝없이 불을 밝히며 지나갔다. 다시는 돌아오지 못할 시간 속으로⋯.

한동안 사는 게 무기력하고 지루해, 죽음이 가까이 느껴졌다.

우리 마음에
불이 켜질 때

노래를 듣고 있는데 갑자기 눈물이 툭, 하고 떨어진다.

가끔 그런 노래들이 있다. 마음이 조금 외롭거나 감상적일 때, 또는 어려운 일이 있을 때 우리 마음은 다른 때보다 쉽게 감정이입이 되는 것 같다. 러시아 국민가수 알라 뿌가쵸바가 부른 '백만 송이 장미'가 그랬다. 백만 송이 붉은 장미와 같은 열정과 희생적인 사랑의 노랫말처럼 그녀는 무대에서 열창했고, 18살 연하의 남편과의 사랑이나 실제의 삶도 만만치 않았던 모양이다. 그녀의 삶과 노래 가사가 오늘 내게로 다가오더니 그만 슬픔으로 주저않는다.

얼마 전 12명의 음악가가 연주하는 이 무지치 I MUSICI 실내악단 공연을 보러 갔을 때이다. 평소에 파가니니 연주를 좋아해서 그런지 모르지만, 영화배우 뺨치게 잘 생긴 안토니오 안셀미Antonio anselmi의 바이올린 솔로 연주를 듣는 순간 후두둑 떨려오기 시작하더니 온 몸에 소름이 쫙 끼쳤다. 이어진 휴식 시간에도 나는 그 소름 끼치는 전율에 정신을 차리지 못했다. 마치 사랑의 열병을 앓듯 내 얼굴은 열이 나고, 가슴이 뜨거워져 데일 듯 했다. 나는 분분히 꽃향기가 날리는 봄날에 바람난 여자처럼 마음이 울렁거려 소리라도 지르고 싶었다.

파가니니의 그 가파르고 깊이 있는 음을 어쩌면 그리도 잘 집어내는지 누가 뭐라든 그 순간 그가 연주한 음악은 나에겐 완벽한 조화이고, 새로운 신세계이자 생의 환희이며, 나와 파가니니, 안셀미는 하나의 융합체로 녹아들어 재창조된다. 저 멀리서부터 나에게로 가까이 다가온 물결이다.

이럴 때 이런 감정들을 우리는 '감동'이라 부르는가.

사랑을 할 때 우리는 우리의 온 몸에 불이 켜지는 것을 느낀다. 1층에서 101층까지 불이 하나씩 켜지면서 서서히 건물 전체를 밝혀주는 황홀하고 흥분된 시간들, 때로는 저 발밑에서부터 물이 서서히 차올라 온몸을 채워주는 그런 행복의 충만감은 우리의 정신을 아찔하게 한다. 어쩌면 그래서 우리는 무의식적으로 사랑을 하는지도 모른다. 사랑의 뒷그림자가 지독한 고통과 허무, 슬픔을 가져와 온 몸에 상처를 입힐지언정, 우리는 진정한 사랑을 꿈꾸기를 포기하지 않는다. 때론 사랑만이 인간 세상에 있는 모든 감동 중에서 제일 진한 것처럼 보인다. 그래서인가 세상에는 사랑이 넘쳐나는데 안타깝게 사랑은 자꾸 퇴색해져만 가고 잘 보이질 않는다.

하지만 감동이 어디 사랑에만 있으랴.

우리는 문학, 음악과 그림, 연극 등 지상의 모든 예술을 통해 자기만의 감동을 느끼고자 한다. 책을 통해 책을 쓴 작가를 시공時空을 초월해 만나기도 하고, 세월의 흐름에 따라 만나게 되는 사람들의 냄새 속에서도 그 손길을 느낀다. 종교에 심취하는 이들은 인간 세상의 것과는 비교되지 않을 영원한 감동을 그들의 신에게서 찾고자 한다. 신에 대한 무한한 사랑이 평온하고 고요한 또 다른 감동의 티켓을 선사한다면 참으로 좋은 일이다.

어떤 길이든 자기만의 것을 찾아 사람이 행복해질 수만 있다면, 그래서 이 힘든 삶의 길을 잘 걸어갈수만 있다면 그것으로 그만이다. 그곳으로 가는 길이 수천만 가지면 어떻고, 하나같이 모두 다르다고 하여 무엇이 대수이랴.

그를 만나러 간다

아침에 눈을 뜨면서 생각한다. 오늘은 무슨 음악으로 하루를 시작할까. 나는 그날 아침의 컨디션에 따라 음악을 고른다.

기운이 없거나 무기력할 때에는 비제의 정열적인 오페라 〈카르멘〉이나 〈집시의 댄스〉에 나오는 어둡지만 격렬하고 생동감이 넘치는 바이올린의 선율에 손이 간다. 아니면 차라리 사람의 마음을 깊은 저 바닥까지 끌어내리는 슬픈 음악을 찾아 슬픔 그 자체에 빠져든다. 텅 빈 그 밑바닥으로 내려가면 더 이상 남아있는 게 없으므로 지상을 향해 올라와야 하고, 또 다시 시작해야만 한다. 나는 바로 그곳에서 새로움을 찾게 되리라는 희망을 버리지 못한다. 내 몸은 이렇게 제 혼자서 기운을 찾아낸다. 계절 탓인가 음악을 통해 나의 감정을 다루는 시간이 많아졌다. 정신이 사막처럼 건조해지고 타 들어가나 보다. 촉촉하게 고이는 눈물 한 방울이 그립다.

날씨가 흐린 날이면 나는 조금 로맨틱한 음악을 듣고, 날이 쨍하니 밝은 날에는 경쾌한 팝을 집어 든다. 좋은 음악 한 가닥의 선율은 내 머리 뒤끝을 지나 정수리 너머 끝까지 그 감도를 전달한다. 위대한 음악을 창조한 음악가는 아니라도 나는 감상자로서의 몫을 훌륭하게 해내기로 작정한다. 그 순간 나는 시공을 초월해 음악가와 한 몸이 되고, 그의 영혼 속으로 들어가 사랑을 느낀다. 마치 애인과 만나듯 나는 음악을 매일 열심히 듣고 또 듣는다.

한때 나는 악기 연주보다는 사람의 목소리가 담겨진 음악을 더 좋아했다. 그들의 목소리에 진한 인생이 들어있고, 굴곡진 삶의 이야기들이 더 묻어나는 것 같았다. 그런 음악 속에서 본래의 자연스러움을 더 느꼈다. 블루스와 재즈, 지나간 추억 속의 팝과 가요를 즐겨 들었다. 허나 편중되면 체하기 마련이다. 악기를 하나의 사람으로 대하기까지 시간이 제법 걸렸으나, 모든 악기는 자연의 소리를 담고 있다는 말을 요즘 들어 실감하고 있다.

음악도 간격이 필요하다. 아무리 사랑하는 사람이라도 약간의 거리가 필요하듯, 어느 날은 좋다고 그리 안달 떨던 음악을 허술하게 아무 데나 제쳐 놓는다. 그리고는 생판 다른 음악을 듣는다. 내가 좋아서 듣기도 하고, 남들이 좋다니까 듣기도 하고, 선물해 준 사람을 생각하며 듣기도 하고, 그 사람은 왜 그 음악을 그렇게 좋아하는 걸까 생각하며 듣는다. 나는 그들을 이해하고 싶다. 타인에 대한 깊은 이해가 바로 사랑이라는 낭만적인 구호에 나는 아직도 이끌린다. 그러다 어느 순간 보이지 않던, 아니 들리지 않던 음을 발견할 때가 있다. 순간 세상은 내 것이다.

특히 저녁 해가 어스름하게 넘어가는 시간에 듣는 음악은 때론 나의 등줄기를 전율하게 만들며, 그 마음의 설렁거림을 말로 표현할 수 없어 가슴에 눈물이 고이기도 한다. 글을 쓰면서 음악을 듣다가 밥할 시간을 놓치기는 다반사이고, 좋은 음악을 들을 때면 이 음악이 다 끝날 때까지는 아무도 집에 들어오지 않았으면 좋겠다는 생각마저 들 때도 있다. 학창 시절 재미난 소설을 읽을 때 누가 말을 걸거나 심부름을 시키면 연기처럼 사라져 버리고 싶었던 것처럼….

우리 집엔 오디오가 안방에 있다. 거실에서 듣는 것보다 한 번 벽에 부딪쳐 흘러나오는 음악은 부드럽고 매력적인 음색을 선사해 준다. 조금은 간접적으로 들려오는 음악이라서인가 그 사이에 공간이 숨어있다. 때로 기분이 우울하면 음악을 아주 크게 틀어놓고 나는 이부자리에 누워 눈을 감는다. 그러면 방안 전체는 어느 순간 최고의 음질을 자랑하는 음악감상실이 되고, 그 방은 나만을 위한 절대적인 공간이 된다. 어둠 속에서 듣는 음악은 그 충격과 감도가 높다. 하지만 이것은 너무 자극적이어서 아주 감정이 격하거나 스트레스가 많이 쌓일 때만 쓰는 치료요법이다. 그렇게 어둠 속에서 기막히게 슬픈 음악을 들으며 한바탕 울고 나면, 나는 마음이 개운해지고 청정한 상태로 방을 나와 언제 그랬냐는 듯이 커피를 끓이거나 밥을 짓는다. 그렇게 나는 세상과 타협하고 악수한다.

　음악은 나에게 또 다른 에너지이다. 모르는 음악도 자주 들으면 보이지 않던 아름다움을 알게 되고 발견하게 된다. 어쩌면 매일 보는 가족들이나 친구들도 사랑의 눈으로 보고자 하면 새로움이 발견될 지도 모른다. 허나 우리는 다가가 들여다보려 하지 않고 가깝기에 자꾸 무심하게 지나친다.

　세상엔 좋은 음악가가 창조한 음악들이 계속해서 탄생한다. 자연 나도 이 노릇을 그만두지 못할 것만 같다. 그들의 음악을 통해 작곡가와 연주자, 스텝들의 예술에 대한 헌신적인 사랑을 고스란히 전달받고 싶다. 콩나물에 물 주듯 듣고 또 듣다보면 그 중의 몇 음절은 내게로 다가와 안길 것이다. 지루하고 권태로운 일상을 그들의 열정과 사랑, 힘을 훔쳐 이어갈 수만 있다면 그것도 충족한 삶이다.

　매일 아침 나는, 그를 만나러 간다. 나는 아직 살고 싶은 모양이다.

길 위에서 길을 묻다

영화 속의 한 장면이 떠오른다.

아무 것도 없는 들판에 기차가 서고 사람들이 가방을 하나씩 들고 내린다.

그들에겐 아직 희망이 있는 것처럼 보인다.

그들은 손에 든 그 가방처럼 삶에 대한 희망을 버리지 않고 꼭 쥐고 있다.

마지막까지 놓지 않으려고 가방을 꽉 잡는다.

고흐의 창

빈센트

한 남자가 화구를 양 손에 들고 마을로 들어선다. 비가 슬쩍 내렸던가, 낡은 옷이 촉촉이 젖어드는 느낌이 들었다. 그는 비쩍 마른 몸으로 동생 테오가 알려준 주소 하나를 들고 의사 가세를 찾았다. 과연 그 의사가 자기의 이 극심한 불안과 고통을 잠재워 줄 수 있을까. 예술에 대해 관심도 많고 천재적이면서 광기에 사로잡힌 예술가들을 구해줄 능력을 가졌다는데…. 그는 잠시 먼 시선으로 오베르 쉬르 와즈를 바라보았다. 마을은 한적했다. 두 눈이 늘어질 만큼 조용한 거리를 보자 그의 입이 메말라 왔다. 그를 눈여겨보는 사람은 아무도 없었다. 피사로와 세잔이 즐겨 화폭에 담았다는 곳.

그의 퀭한 두 눈 속으로 아를르의 노란 집이, 생 레미의 요양소 풍경들이 스치고 지나갔다. 남쪽에 그의 병을 두고 오고 싶었는데….

그는 길가의 자그마한 라부 여인숙l'Auberge Ravoux 다락방에 짐을 풀었다. 짐이라고 하기엔 너무 초라하고, 방이라고 하기엔 눈물겹게 작았다. '이제 이 작은 다락방이 나의 작업실 겸 숙소가 되는구나.' 하며 서너 평밖에 안 되는 방을 돌아다보았다. 1평 정도의 철제 침대와 밀짚으로 엮은 나무 의자 한 개가 전부였다. 붓 몇 자루와 캔버스, 작은 이젤, 그리고 낡은 옷과 밀짚모자와 담배를 대충 툭 던져 놓고 작은 침대 위에 누웠다.

'어릴 적 내가 쓰던 그 조그만 침대 같아. 나는 이제 어른인데 사람들은 아직 내가 제대로 된 성인이라고 생각하지 않는 걸까. 내가 붉은 머리의 미치광이라서? 아니야. 오히려 작아서 약간 포근하게 느껴지기도 하는 걸. 어머니의 자궁 같아. 그 곳으로 다시 돌아갈 수 있다면….'

그때 그의 얼굴 위로 한 줄기의 햇살이 드리웠다.

아, 이 방에 창문이 있었구나. 그는 다행이라고 생각했다. 창이 없으면 세계로, 우주로 통하는 길을 잃어버릴 수 있기 때문이다. 신에게로 향하는 그 길을 잃어버릴 순 없다. 그는 한때 목사가 되려고 했었던 적을 떠올리며 눈을 감았다.

나는 한 편의 영화처럼 내 머릿속을 스쳐지나가는 고흐의 잔영을 두 눈에 잡았다.

다락방

프로방스로 가는 여행길에 파리에서 30킬로미터 밖에 떨어지지 않은 마을 오베르 쉬르 와즈Aubers sur Oise를 찾았다. 고흐가 생애 마지막을 보낸 곳이다. 1층이 레스토랑인 라부 여인숙에서 그를 위해 와인 한 잔을 따랐다. 방문객들을 위한 이벤트지만 따뜻한 배려로 느껴졌다. 고흐가 광적으로 즐겨 마셨다는 압셍트였다면 더 좋았을 걸 하는 생각을 하며, 건물 맨 꼭대기의 다락방으로 올라갔다. 짙은 흑색의 나무 계단은 비좁고 어두웠다. 그림 속에서 보았던 그의 방을 떠올리며 조금은 설레기까지 했다.

"나는, 아무 생각도 없이, 문으로 들어섰다."

느닷없는 그 방의 광경에 나는 당황했다. 아무리 현실과 상상의 괴리가 크다고 해도 이건 아니다. 내가 보았던 그림 속의 그 방은 도대체 어디로 간 것일까. 뭔가 다정하고 따뜻해 보이던 그림 속의 방—고갱과 같이 지냈던 해바라기가 있는 아를르의 노란 방보다 왠지 더 다정하게 느껴지던 그 방. 나는 환상의 실체를, 그 슬프고 긴 뒷그림자를 맥없이 바라보아야 했다. 가슴 밑이 뻐근하도록 무겁게 흔들렸다. 이제 그가 더 이상 존재하지 않는 방은 초라하다는 말조차 하기 어려울 만큼 작고 공허했다.

'여기, 이곳에서 고흐가 살았구나. 이런 곳에서 자면서 그런 위대한 그림들을 그렸구나. 하루 종일 온몸을 바쳐 그림을 그리고 돌아와 이 소박하다 못해 눈물겨운 방에서 두 달을 살다가, 드디어는 권총 자살을 시도했고….'

워즈워드의 생가 도브 코티지Dove Cottage를 찾았을 때에도 방들이 참 조그맣고 천장이 낮다고 생각했었지만, 그 집은 나무와 꽃들로 둘러싸인 아름다운 정원이 있어서인지 눈이 시리지는 않았다.

그런데, 여긴 아무 것도 없다. 외로움 이외에는.

눈을 들어 나는 다시 방을 둘러보았다. 창이 있었다. 다행히 창 하나가 그의 생애만큼이나 외롭게 밖으로, 저 우주로 나 있어 그 방에 숨을 넣어주고 있었다. 그가 외로운 어느 날 밤엔 별들이 무진장으로 쏟아져 들어왔고, 죽음을 예감한 날 밤엔 포근한 달빛이 스며 들어왔을 그 고흐의 창, 시리도록 아름다운….

뒤늦게 시작해 10년 동안 그림을 그리면서 그는 가난과 고통, 굶주림에 시달렸다. 안정된 직장을 갖는 대신 붓을 든 그 순간부터 신은 위대한 재능 대신에 고통을 고스란히 안겨 주었다. 천재와 광기가 아무리 이웃사촌이라고는 해도, 열정과 광기 속에서 매순간 전율하며 산다는 것은 그야말로 미칠 일이리라. 광기가 그를 그리게 했는지, 그림이 드디어는 그를 미치게 만들었는지 알 수는 없지만, 순간 나는 그의 자살이 이해되었다. 아니 이해하고 싶었다. 왠지 이 세상에 더는 아쉬움이 없었을 것 같은 느낌이 들었다. 더 이상 삶에 대한 애착의 손을 놓아버린 건 아닐까. 아를르에서 200여 점의 그림을 1년 동안 그렸고, 2개월 동안 오베르 쉬르 와즈의 구석구석을 다 그리고 나서 그는 허탈했던가. 보랏빛 수선화가 길가에 곱게 피어 있고 황금빛 밀밭이 펼쳐져 있는 그 땅에서 자연을 사랑했던 그는 그대로 묻히고 싶었던가.

텅 빈 고흐의 방에 서서 잠시라도 그의 영혼을 느끼고 싶어 창을 바라보았다. 순간 바람 한 줄기가 스쳐 지나가고, 그 바람이 소리 없이 창문 저 너머로 사라졌다.

멀미

　외출했다가 집으로 돌아올 때 나를 제일 먼저 맞아주는 게 바로 석간신문이다. 인쇄 냄새가 아직 가시지 않은 신문을 집어들 때, 나는 심호흡을 한번 길게 내쉬고 다시 들이마신다. 그건 단순히 종이나 인쇄의 냄새가 아니다. 삶의, 세상의 냄새이다. 비록 그 안에 좋은 일보다는 복잡하고 어려운 일들이 더 많이 실려 있고, 정치나 경제의 갈등 국면들이 때론 적나라하게 그 속과 등을 보일지라도 나는 신문을 드는 순간 행복해진다. 신문의 활자들을 보면서 나는 사람을 만나고, 세상을 만나고, 새로운 세계도 가끔 들여다 보니 내겐 세상과 이어지는 다리이다.

　그 두 번 접힌 신문이 내 손 안에 들어오는 순간의 기분이란 길

을 걷다가 느닷없이 슈베르트의 〈아르페지오 소나타〉를 듣게 된다
든지, 누군가가 보고 싶었다며 하얀 안개꽃을 가슴에 담뿍 안겨주
는 그런 느닷없는 기쁨이다. 바쁘지 않은 날 아침에 조용히 음악을
틀어놓고 소파에 앉아 차를 마시며 신문을 읽는 소소함은 우리에
게 삶의 여유를 느끼게 한다. 게다가 신문을 넘길 때마다 부스럭거
리는 소리는 머릿속을 편안하게 만들어 마치 명상 음악이라도 듣
는 기분이 된다. 아니면 마룻바닥에 한바탕 신문을 있는 대로 펼쳐
놓고 마냥 들여다보면서, 뭔가 마음에 안 드는 기사를 보며 혼자
구시렁거리는 일도 때론 작은 즐거움이다.

이런 이야기를 했더니 모 방송국 기자 양반이 "지독한 아나로그
시군요." 한다. 요새 누가 바쁜데 그러고 앉아서 신문을 보냐며 약
간은 한심한 표정을 짓는다. 그저 옆으로 한번 터치만 하면 모든 신
문이 다 나오고, 공짜로 필요한 것만 골라서 보면 되는 스마트폰 시
대에 웬 원시인이냐며 시대를 좀 따라가라며 웃는다. 물론 그 무렵
에 나는 구형의 핸드폰을 가지고 있었다. 스마트폰에 대한 이런저
런 이야기들을 들으면서, 정보가 힘이고 권력이라는 세상에서 나
는 성적이 뒤로 처져 나머지 공부를 해야하는 아이 같이 느껴졌다.

그러면서 한편으로 저 많은 정보를 다 어쩔 것인가, 싶었다. 그
렇게 빨리 알아서는 또 무엇 하랴. 1분 1초를 다투는 수험생도 증
권맨도 아닌데…. 뭔가 즉각적으로 알아내야만 하는 압박감에서
나는 자유로워지고 싶다. '천천히 알아도 돼! 아니 좀 모르면 어

때?'라고 세상을 향해 팔을 벌리고 외치고 싶다.

서울에서 부산까지 비행기로 단시간에 날아갈 수도 있지만, 가다가 좀 쉬기도 하면서 차창을 스치는 바깥 풍경을 눈에 담는 것도 오죽 좋으랴. 여행은 인생의 창이라는데, 그 창을 그리 빨리 열어버리면 우리의 호기심과 그리움은 어디에 남겨져야 하나.

나는 어려서부터 밖에 나가면 해찰을 잘 했다. 특히 시장에 가면 왜 그렇게 볼 것도 많고 먹을 것도 많은지 서두르지 않는다고 어머니에게 혼나기 일쑤였다. 원래 하려던 것은 까먹고 다른 것에 정신이 팔려서 시장 한 가운데에 우두커니 서 있던 일도 한두 번이 아니었다. 저러니 공부를 잘 못한다며 야단을 맞기도 했다. 공부를 하면 거기에만 정신을 팔아야 하는데, 내 머릿속은 언제나 생각이 가지를 마구 쳐서 자꾸 다른 데로 가곤 했다. 어떤 이야기를 하다가 갑자기 딴 얘기를 뜬금없이 해 주위에서 한 소리 들은 일도 허다하다. 그럴 때마다 나는 이건 '의식의 흐름'이라고 자위하며 마르셀 프루스트에게 감사했다.

필요한 것만 빨리 모아서 처리하는 게 능력있어 보이는 세상이지만, 한 번쯤 천천히 세상을 해찰하면서 곁눈질을 실컷 해보는 건 어떨까. 상상속의 지도에서는 고속도로처럼 곧장 이어진 길보다는 모로코 페스의 골목길이나 종로의 피맛길처럼 골목 뒤를 보이지 않게 걸어 다닐 때 더 아슬아슬한 재미가 있을 텐데…. 길을 잃어버릴까 두렵기도 하고 천천히 다 걸어 다녀야해서 귀찮기도 하겠지만 생각지도 못한 일들이 우리를 기다리고 있을 지도 모르니 말이다. 당장은 불필요해 보이는 짓도 나중에 요긴하게 잘 써먹었던 일이 어찌 한두 번이랴. '쓸모없음의 쓸모無用之用'에 대한 이야기는 꼭 장자가 아니라도 우리는 이미 몸으로 알고 있는 것을….

　지난해 뉴욕에 갔을 때이다. 영화에서나 보고 책에서나 읽던 그 유명한 브로드웨이 거리를 걸으면서부터 나는 가슴이 설레었다.
　'드디어 왔구나. 이제야 보겠구나.'
　42번가를 지나 〈라이언 킹〉과 〈맘마미아〉 광고판을 볼 때만 해도 그저 호기심으로 흥분되었다. 그 구부러진 길을 돌아서서 타임스퀘어 광장 한 복판에 들어섰다. TV광고에 잘 나오는 그 유명한 타임스퀘어 광장. 눈에 보이지 않는 사상을 이미지로 표현하는 점에서 특이하고 탁월하다고 평가받는, 한국의 유명한 사진작가 김아타金我他가 광장 한 복판에 앉아 8시간의 긴 노출로 'ON-AIR' 프로젝트 〈Times Square〉의 사진을 찍었던 그 곳. 그는 "존재는 사라지는 순간에야 진정한 존재의 가치를 안다."며, 스스로 존재를 부정하여 그 가치를 확인하는 지독한 역설의 미학을 펼치고자 했다. 이 시리즈에 대해 그가 시간을 채집한다고 말했던 게 기억에 남았었다. 나는 그가 어디 쯤에서 작업을 했을까 생각하며, 우리나라의 현대 자동차와 삼성, LG 등의 기업 광고가 나오는 계단 위에 앉아 주위를 둘러보았다.

그것은 신세계였다. 물질문명이 빚어낸 극도의 환상의 세계, 그 완벽한 인간 진화의 표상의 거리. 영화와 뮤지컬, 연극들의 휘황찬란한 광고들이 어마어마한 크기와 빛으로 사방에서 뻗어 나오고 있었다. 모든 테크니컬한 과학과 예술적 아이디어가 한데 뭉쳐있는, 세계 각국에서 온 사람들이 모여있는 이곳이 순간 기이하게조차 느껴졌다. 나는 과학 문명의 극점에 서 있는 듯한 환영에 휩싸였다. 보지 않으면 믿지 못할 정도의 저 화려하게 디자인된 빛의 광고판들의 향연. 인간의 꿈과 욕망이 그 거리들 사이로 마구 돌아다니고 있고, 나도 '날아다니는 양탄자' 위에 올라타고 그곳을 훨훨 날아다녔다.

갑자기 멀미가 났다. 머리가 어지럽고 빛의 블랙홀 속으로 빨려들어가는 느낌이 들었다. 인간이 자연 위에 세운 이 문명의 창작품들 앞에서 나는 마냥 촌스러웠다.

다음날 나는 새로 사서 들고 온 스마트폰으로 전화를 하면서, 불 꺼진 브로드웨이의 허름한 뒷모습을 보며 걸었다. 그리고 그 길 위에서 크게 심호흡을 했다.

나는 아직도 멀미 중이다.

흐름,
그 참을 수 없는

지중해가 저편에서 숨죽이고 누워있다.

나는 파라솔에 누워 소리 없이 흐르는 물결의 숨소리를 듣는다. 허나 잔잔하고 고요해 내 가슴의 출렁거림이 더 크게 들려온다. 안탈랴 해변은 맑고 깨끗하게 씻긴 작은 조약돌들로 가득하지만, 뜨거운 태양 아래에서 걷는 이는 드물다. 하늘을 보고 누워 있거나 바다 속에 첨벙 들어 있다. 옆자리에선 이국의 두 남녀가 간이 테이블을 마주해 놓고 샐러드와 시원한 에페소 맥주로 목을 축이면서 등허리 위로 작열하는 태양의 열기를 고스란히 받으며 이야기를 나눈다. 마른 여자들만의 특권인 것처럼 생각했던 비키니를 자신 있게 입고 있는 여자에게서 건강한 몸의 아름다움이 느껴진다.

잘 다듬어진 모델들의 길고 날씬한 선線에 주눅 들었던 마음이 살짝 펴진다.

순례자가 되어 모든 땅들을 걸어다녀야 할 운명을 지닌 것도 아니건만, 내 영혼은 시도 때도 없이 나를 부추기고 흔들어댄다. 20년 전 우연히 시작된 여행은 이젠 중독 수준이다. 바삐 돌아가는 삶의 바퀴는 이렇듯 도망 나와야 숨을 쉴 수 있고, 나는 이젠 탈출의 묘미를 알아 저 깊은 바다 속으로도 그대로 빠질 줄 안다. 매번 사람 사는 거 다 똑같고 먹는 거 비슷하고, 생각하는 게 거기서 거기라고 인증서를 찍으면서도 나는 다른 나라의 땅과 하늘, 공기, 그리고 사람의 냄새를 깊이 들여 마신다. 우주의 에너지를 온 몸에 받아들이기라도 하려는 듯….

일본 건축가 안도 다다오는 "추상적인 언어로 아는 것보다 실제 체험으로 아는 것이 같은 지식이라도 그 깊이가 다르며, 첫 번 유럽 여행에서 생전 처음으로 지평선과 수평선을 보았다."고 했다. 그도 그 이후로 여행을 즐겼다는데, 그런 공간 개념이 건축가의 길을 걷는데 도움이 된 모양이다.

내 첫 번 여행기에는 대마초의 충격이 있다. 공항을 떠나면서 텔레비전에서 대마초를 피워 잡혀가는 연예인들의 모습을 보았다. 그런데 도착하자마자 나는 가이드로부터 유럽에서는 마약은 안 되지만, 대마초 정도는 친구들 사이에서 피우지 않아 왕따가 될 거라면 차라리 함께 피우는 게 낫다고 가르친다는 말을 들었다. 비행기 몇 시간을 타고 온 것뿐인데, 한 곳에서 죄가 되는 것이 다른 곳에서는 죄가 아닌 선택이라는 사실을 나는 감당하기 어려웠다. 아마 그 충격이 내 여행의 출발이었는지도 모른다. 그때, 나는 마음속에 다른 눈으로 보아야 할 공간이 절실하게 느껴졌었다.

　다른 나라의 바다에서 떠나온 땅의 바다를 본다.

　저 수평선 너머로 바다가 이어져 우주의 바다로 하나가 되는 듯하다. 그 착시현상에 눈이 부셔 얼른 눈을 감는다. 매번 여행 때마다 느끼는 공간의 생경함과 낯설음이 몸 전체를 휘감아 간질인다. 허나 그 낯설음이 낯설지 않고 포근하게 다가온다. 나는 지구를 벗어난 게 아니다. 여기저기 흩어져 사는 또 다른 사람들이 사는 곳으로 온 것뿐이다. 한 부모에게서 낳아도 그 얼굴과 성격이 다르듯, 한 우주에서 생성되어도 제각기 태어난 땅에서 달리 사는 것이다.

　나는 그들을 만나 악수하고 마음을 비비고 싶다. 우리는 같은 사람이고, 무한한 우주 속의 지구라는 땅에 모여 한정된 삶을 약속처럼 살아가야 하는 운명의 동반자이고 동족이다, 라고 동감하고 싶다. 이 사막 같은 땅에 덩그러니 홀로 던져진 게 아니고 사람으로 태어난 이상 누구나 그런 외롭고 허전한 길을 혼자서 걸어가야 하며, 그게 별 게 아니라는 말을 듣고 싶다. 그러면 나도 힘을 얻어 내 두 발을 사라질 모래에라도 파묻고 있으리라.

　흐름-삶의 흐름. 나는 그 흐름에 머리를 풀어헤친 여인처럼 빠져든다. 순간의 쾌락이라고 하기엔 다소 진지하다. 흐름이 모여 삶의 선線을 이룬다. 순간의 절정이 독이 되고, 힘이 되고, 목이 졸려 심장이 터질 듯하다. 삶이 지나가는, 내 눈 앞에서 흐르는 것을 보며 가슴 저 밑바닥이 울울해진다. 한번 만져 볼 수 있다면 좋으련만…. 가슴만 먹먹하고 애잔해진다. 일순 머릿속이 텅 비고 아무 생각도 안 든다.

저 바다에서 조지 윈스턴의 잔잔한 자연의 소리가 난다. 그의 피아노 소리가 바다 한가운데에 있고, 나는 그의 자연과 닮은 연주를 듣는다. 저 바다가 움직이지 않는 듯 하나 쉬지 않고 흐르듯이 내 삶도 흐르는 것을 볼 수 없으나 쉬지 않고 지나가리라. 그 보일 듯 보이지 않는 흐름이 내 곁을 매정하게 스쳐가고, 나는 떠나가는 연인의 소매 자락이라도 잡듯 순간 매달리고 싶어진다. 아, 이 바다의 모래 한 주먹만큼이라도 내 눈앞에 보여주기만 한다면…. 파우스트만큼의 용기는 없지만 나도 용기를 내어 저 수평선을 향해 달려가리라.

저 바다가 일어나 내게로 다가온다.

내 손에서 새어 나가는 모래들처럼 내 삶의 순간들이 순식간에 사라져 간다. 난 그저 그 삶의 흐름을 직시할 뿐이다. 거기엔 오로지 흐름만이 있다. 그 참을 수 없는, 허나 마지막 순간까지 참아내야 하는.

이중의 변辯

빌바오로 가는 길은 길었다. 왠지 나폴리 민요 '푸니쿠니 푸니쿨라'를 부르며 케이블카 대신 기차로 가파른 산을 올라가는 기분이 들었다. 스페인의 중서부 끝의 살라망카에서 북부의 바스크 지방까지 기차 렝페Renfe를 타고도 여섯 시간 반이 넘게 걸리는 여정이다. 바스크 지방으로 들어서기 전 잠시 쉬는 사이에 기차 몇 칸을 떨어뜨리고 꼬마 기차처럼 가볍게 출발한다. 그런데 갑자기 옆에서 아들이 "어어…. 이거 센데." 하며 웃는다. 같은 스페인어인데도 특유의 약간 거세고 투박한 어투가 귀에 신선하게 들리는 모양이다. 서울에서 남쪽으로 내려가면서 느끼는 감정과 비슷하리라. 첫 출입문에서부터 언어의 세례를 진하게 받는다. 한 나라의 땅 안에 또 다른 땅의 모습이 있다.

스페인 안의 작은 나라 바스크 지방의 빌바오는 원래 철강과 조선업이 성하던 도시였다. 1970년대 도시 몰락과 함께 폐허가 되어가다가 문화적 발전과 경제가 연관이 있다며 시市에서 적극적으로 구겐하임 미술관을 만들었다. 도시는 더없이 훌륭하게 재생되었다. 국제 공모전에서 당선한 프랭크 게리Frank Gehry의 작품인 이 미술관은 마치 생선 비늘 같은 티타늄 패널 마감의 독창성과 유기적 형상으로 도시의 상징이 되었다. 이제 그들에겐 자존심이자 희망이다. 하나의 미술관이 빌바오 도시 전체를, 아니 세계의 미술관을 상징하고 이끈다. 전 세계 사람들이 천리 길을 멀다 하지 않고 온다. 사실 나부터도 유학 중인 아들을 보러 오는 일보다 내 일생 중에 드디어 구겐하임 미술관을 보는구나 하는 설렘에 가슴이 울렁거렸다.

짐을 풀자마자 미술관으로 향했다. 석양의 빛 속에 서 있는 모습은 상상한 것보다 근사했다. 사그라져가는 붉은 빛이 건물 외관을 자연 조명으로 비추고, 미술관을 끼고 있는 강줄기에 비친 물빛이 그 아름다움을 더했다. 건물 밖에 서있는 루이스 부르주아Louise Bourgeois의 거미 조각은 인터넷에서 본 사진보다 거대했다. 밖에서부터 이미 마음을 잃고 말았다. 감동 받을 준비가 확실하게 되어 있었지만 동양인이라곤 우리 밖에 없는데 요란을 떨기 싫어 담담히 보았다.

2층 전시실에서 '프랭크 로이드 라이트Frank Lloyd Wright 특별 전시회'를 하고 있었다. 옆에서 이건 굉장한 행운이라고 했지만 사실나는 이 작가에 대해서 잘 몰라 누군가 하며 둘러보았다. 르 코르뷔지에Le Corbusier와 미스 반 데어 로에Mies van der Rohe와 함께 현대건축의 3대 거장의 하나로 불리고, 깡통처럼 생긴 뉴욕 구겐하임미술관을 만들어서 유명세를 타게 됐으며, 70여 년간 400점 이상의 건축물을 완성하면서 현대 건축의 표상이 됐다는 그의 작품은말이 모자랄 지경이었다. 전시장 안에는 그가 지은 건물들이 축소된 모형으로 만들어져 있었다.

그런데 내가 참으로 놀란 것은 바로 그의 설계도였다. 그것도 그가 생전에 지은 건물들이 아니라, 결국은 짓지 못하고 남겨진 상상의 작업 설계도. 담채화처럼 슬쩍 그림으로 그려진 설계도 앞에서나는 다리가 떨어지질 않았다. 보고 있자니 가슴이 쩍, 하고 갈라지는 느낌이 들었다. 10년 전 바르셀로나의 가우디 성당에서도 이와 비슷한 감정을 가졌었는데…. 이번엔 더 황홀했다. 순간적으로머릿속이 혼란스럽고 어지러웠다.

'이 사람이 도대체….' 싶었다.

그것은 단순한 설계도가 아니다. 내가 태어난 본 예술작품들 중에서도 단연 손꼽을 만했다. 그 순간만큼은 최고라고 말하고 싶은충동마저 들었다. 나는 그의 설계도 속으로 뛰어 들어갔다. 그의뒤꽁무니를 따라가며 그가 만들어 놓은 상상의 세계를 정신없이 유영했다. 이상한 나라의 엘리스가 되는 건 시간 문제였다. 나도 모르게 내 입으로 상상의 약 한 알을 삼킨 것만 같았다. 독약이라도 먹은 것처럼 내 정신은 기절 직전이었다.

'여기를 이렇게 만든다고요? 저 쪽은 또 저렇게 거대한 건물들을 연결시키고, 아니 이 구석에다가 이런 것들을 세운다는 거죠? 당신 머릿속은 어떻게 생겼나요? 혹 저 먼 미래의 세계에서 온 것은 아니죠? 빨리 고백해 봐요. 난 이 모든 것을 믿을 수가 없어요. 당신도 사람이고 나도 똑같은 사람이잖아요. 이건 너무 어마어마해서….'

나는 특히 조각가들이 돌멩이나 나무, 철 덩어리에서 예술 작품의 형상과 본질을 본다는 사실에 존경심을 갖고 있다. 그들의 놀라운 직관력 앞에서 나는 맥을 못 춘다. 인간의 모든 능력과 삶의 궤적들이 쌓여서 만들어지는 내공의 힘 — 바로 그것이 예술가들에게 놀라운 직관력을 주며, 그것을 통해 상상의 이미지를 순간적으로 보는 것이라고 중얼대곤 했다. 마치 중국 무협지에 나오는 무림고수들의 내공처럼 임자를 제대로 알아보는 셈이라고….

그 먼 땅, 빌바오에서 나는 직관과 상상의 최고의 결정체를 만난 것이다. 모르고 산 세월이 안타까워 눈물이라도 날 판이었다.

한국으로 돌아오자마자 나는 책방부터 갔다. 그에 관해 쓴 평론가의 책과 그가 직접 쓴 두툼한 자서전 두 권을 사 가지고 와 책을 읽기 시작했다. 아홉 살 때 선물로 받은 프뢰벨 블록 세트를 통해 상상과 유추의 날개를 무한히 펼쳤던 천재 건축가에 대한 평론가의 비평은 객관적이면서도 그러나 신랄했다. 읽어갈수록 내 가슴은 조금씩 무너져 갔다. 차라리 읽지 말걸 하는 생각마저 들었다. 그의 실생활과 문란한 애정관, 징그러울 정도로 능숙한 거짓말과 뻔뻔한 자기 변명, 기가 막힌 처세술, 지독한 이기심, 특히 치명적인 자기 미화의 이중성. 그는 자기의 일생을 포장하는 함정 속에서 결코 빠져 나오려 하지 않았다.

책을 덮었다.

예술가들의 이런 이중성을 몰라서도 아니다. 역사 이래로 그건 누구나 아는 뻔한 사실이다. 그래도 이건 좀 심했다. 배신감마저 들었다. 아니다. 빌바오에서 느꼈던 감동이 너무 큰 탓이다. 이것도 단지 후대의 평가에 지나지 않을지 모른다. 내가 그를 만나 본 적이 없으니 확인되지 않은 일이다. 그렇게라도 그를 변명해야 잠이 올 것 같다.

예술가가 인격까지 꼭 보장해야 한다는 법은 없다. 관객들은 예술 그 자체를 즐기면 그만이다. 그 뒤 배경까지 굳이 알고 평가 내릴 필요가 있을까. 너무 지나치게 엄격한 잣대를 들이대고 요구하는 것은 아닐까. 털어서 먼지 안 나는 사람이 어디 있고, 사람 사는 거 들여다보면 구질한 일들이 가득이다. 더욱이 예술가인데…. 예술가와 예술 작품은 별개다. 우리는 그저 즐기고 감동을 받으면 된다. 무에서 유를 창조하는 예술가로 살기도 힘든데 일상의 일들은

과감히 눈감아 주어야 한다. 그것이 그들의 특권이다, 라고 나는
말하고 싶다.

이 밤 내 머릿속은 여전히 혼돈의 미궁 속을 헤매고, 나는 예술
을 사랑한다는 단순한 이유로 그를 가슴 속에서 내려놓지 못한다.

발칸의
장미를 만나다

벽 안에서

3년이 흘렀습니다. 어찌어찌하여 겨우 지나갔습니다만 참으로 더디고 깊었습니다. 그대의 온 몸과 마음엔 세월의 문신이 또렷이 새겨져 있습니다.

그해 그 여름날 애절한 별사別辭를 하늘로 띄워 보내고, 그대는 길고 긴 터널로 들어갔습니다. 아무것도 모른 채 그 속으로…. 허나 빛이 들어오지 않는 터널은 어둡고 추워 등줄기가 서늘하고 무섭기조차 했습니다. 때로는 그 암흑의 터널을 기기도 하고, 앞이 보이질 않아 맨 손톱으로 벽을 긁기도 했습니다. 더러 그 벽을 향해 소리도 쳐 보았지만 빛은 야속하게도 희미한 한 줄기조차 보여

줄 생각을 안했습니다. 하여 이젠 그만, 하고 앞으로 더 나아가기를 포기하고 싶기도 했습니다. 무엇보다 터널 속에 갇혀 있다는 사실에 맥이 빠졌고, 지루했고, 욕망이 영 일지 않았습니다.

'욕망'은 참으로 묘한 말입니다. 여러 얼굴을 가지고 우리를 대합니다. 그것은 삶에 대한 뜨거운 의지일 수도 있고, 과욕이기도 하고, 야릇한 색깔을 드러내기도 합니다. 그대는 젊은 시절 짧은 주일학교 선생 노릇과 2년여 간 불교 공부를 하며 욕망을 잠재우고 비우기를 은근슬쩍 강요받았습니다. 그때는 그것이 참으로 멋지고 지적인 삶의 태도라며 어울리지도 않게 몸에 걸치고 다녔습니다만, 사실 솔직히 몸에 착 붙었었다고 말하기는 어렵습니다. 그래도 머릿속에 꾸역꾸역 들이밀었습니다. 어쩌다 하나라도 남아 있지 않을까 싶어서였을 겁니다.

그런데 어느 날 "영어 공부를 해!" 라며 속삭이는 소리가 그대의 귀에 들렸습니다. 그것이 신의 소리인지 누군가의 영혼의 소리인지, 아니면 그대 자신의 내면의 소리인지는 지금도 알 수 없습니다. 상관없습니다. 그대는 무언가에 홀린 듯 아무 생각 없이 달려듭니다. 남들이 그 나이에 뭐 하려고 그러냐고 했지만 애초부터 목적이 있었던 것도 아니고, 사실은 왜 그랬는지도 모르고 시작한 일입니다.

다만 무언가를 하고 싶다는 마음이 그대의 내부에서 잔잔한 파도처럼 일렁이기 시작한 것만이 그저 좋았습니다. 세상일이 마냥 시들하기만 한 것은 목숨이 붙은 사람으로서 못할 짓이란 것을 그대는 잘 압니다. 겉만 번지르르하고 속은 바짝 말라가는 기분은 같은 처지나 심정이 되기 전엔 참 알 수 없을 겁니다.

시간이 흐르면서 그대의 몸 속 저 밑바닥에 서서히 물이 차오르기 시작했습니다. 그 물소리가 삶의 희열로 들릴 때도 있었습니다. 감사하다는 말을 태어나 처음으로, 진심으로 몸에 새겼습니다. 아직도 이 세상에 무언가 하고 싶은 게 있고 살고 싶은 욕망이 생겼다는 사실이 그토록 기뻤습니다. 이제 그 나이는 모든 것을 비울 때가 아니냐고 하는 사람들도 있었습니다만, 그런 말들이 그대에겐 지나가는 바람으로도 남지 않았습니다. 더욱이 좋은 일은 아무런 목적이나 이유가 없다는 사실입니다. 목이 졸리지 않아서 좋았고 자유로워서 모처럼 편했습니다.

그리고 그제야 눈치를 챘습니다. 그 길고 긴 어두움의 터널을 지나야만 빛의 세계로 나아갈 수 있다는 것. 알고 보면 너무나 쉬운 해답이지만 모를 땐 확률이나 통계보다 더 풀기 어려운 수학 문제입니다. 그대 마음의 정령이 손을 잡아주었던가요. 멈춰 서지 않고 앞으로 걸어 나아가기만 하면 그곳에 반드시 빛이 있으리란 굳은 믿음으로, 그대는 서서히 기운을 차렸습니다.

벽 밖에서

발칸의 장미를 만나고 싶었나 봅니다. 그대는 여장을 챙겨 떠납니다. 아픈 허리와 다리를 달래 가며 모든 일을 뒤로 하고 눈을 질 끈 감습니다. 눈을 감으니 사실 별 일들도 아닌 것처럼 느껴졌습니다. 세상을 휘돌아치는 질병도, 그대 없으면 죽을 것 같은 사람도 일도….

전쟁과 포화의 화약고, 인종 청소, 밀로셰비치, 차우셰스코, 동방 정교, 슬라브 민족, 이 에리사의 사라예보, 코마네치의 루마니아, 피를 빨아 먹는 드라큐라 백작이 사는 성, 축구의 나라 크로아티아, 세르비아의 잔인한 총소리, 불가리아 향수와 요구르트가 떠오르는 건강한 나라 등의 이미지를 그대는 그동안 의심 한번 없이 줄기차게 믿어왔습니다. 유고 연방의 전쟁이 끝난 지 한참이나 되었다는데도 거기는 괜찮나 하는 염려마저 들 정도로 발칸의 땅은 붉은 이미지로 머릿속에 각인되어 있었습니다. 그저 언론들의 뉴스로만 그 나라들을 알았기 때문입니다. 그대는 이제 새로이 눈을 뜹니다. 발칸의 땅을 두 발로 걸어가면서….

그동안 그대는 마치 그 나라들은 실재하지만 사람들의 일상은 실재하지 않는 것처럼 느꼈습니다. 몰랐습니다. 거기에도 나와 같은 사람들이 살고 있고, 그들의 소박하고 평범한 일상은 그대가 사는 나라의 일상과 다를 바 없었습니다. 어디 길가 한 귀퉁이라도 있으면 차를 마시고 삶을 이야기하고 문화와 예술을 즐기고 사랑을 하는 사람들, 나라의 정체政體가 바뀌고 독재자가 아무리 탄압해도 시민들의 삶은 지속되어 왔습니다. 마치 일상을 말없이 유지해 나가는 것이야말로 그들의 압제에 대한 강한 저항인 것처럼, 사람들이 삶을 지속하고 살아내 온 모습들을 보면서 그대는 인간의 존엄성과 품위를 느끼면서도 여행 내내 가슴이 저렸습니다.

그러면서 우리 모두가 이렇게 만들어진 '정보'라는 각본 속의 이미지들로만 세상을 판단하며 사는 것은 아닌가 두렵기조차 했습니다. 직접 눈으로 보기 전엔 함부로 말할 일이 아닙니다. 그대의 머릿속의 지도는 발칸의 땅을 밟아가면서 조금씩 또는 완전히 바뀝니다.

차우체스코와 밀로셰비치와 같은 어리석은 독재자의 종말. 전투적인 민족성을 가진 카리스마로 가득한 세르비아인들. 탁구의 사라예보가 아니라 온통 산 언덕의 집들이 저격의 대상이 되어 무장된 총으로 난사당했던 보스니아 사람들의 고통 어린 삶. 지나치게 자연친화적인 불가리아 사람들의 무심과 평온. 여전히 공산주의의 유산인 '꺼삐단 리' 정치가들의 놀라울 만한 재산 축적. 국경지대에 가까워 살아남기 위해 적을 지나치게 잔인하게 대하다보니 흡혈귀로까지 불렸던 드라큐라 백작. 무엇보다도 EU 연합에 가입하는 것과 아닌 것의 확실한 신분의 차이. 그래서 자기네는 EU연합 국가이지 유고 연방국가가 아니라며 나머지 다섯 나라를 약간은 무시하는 슬로베니아. 그래서였나봅니다. 사라예보의 호텔 바에서 슬로베니아와 보스니아의 농구 시합을 응원하는 사람들을 보며 그대는 한일전을 떠올렸습니다. 나머지 발칸의 다섯 나라가 슬로베니아를 눈을 흘기며 보는 게 너무 당연하게 느껴지기도 했습니다.

　더욱이 유네스코 문화유산에 등재되어 있고 죽기 전에 봐야할 10가지에 든다는, 아드리아 해를 하늘의 은총처럼 끼고 있는 크로아티아의 두브로브니크와 국립공원에서 세계 각국의 여행자들이 제 나라 말로 이야기를 하고 웃으며 함께 트래킹을 할 때, 그대는 그들의 입에서 나오는 말들이 하나의 악기 같아 멋진 교향곡을 듣는 듯한 환상에 빠집니다. 그러면서 한편으로는 만약 또 다시 전쟁이 나고, 나치와 같은 독재자가 다시 나온다면 이런 풍경은 처참하게 파괴될 것인데 하는 두려움에 순간 사로잡힙니다. 참으로 괜한 우려일 것입니다.

　이 세상에서 가장 아름답고 최고급의 향수는 발칸 산맥의 장미에서 나온다고 합니다. 가장 춥고 어두운 시간인 자정에서 새벽 2시 사이에 따는데 한밤중에 가장 향기로운 향을 품기 때문입니다. 또는 예술가를 '발칸의 장미'라고 부르기도 하는데, 예술가에게는 시련과 역경, 고난이 운명처럼 따라다니고 그런 고통을 겪어내야 예술의 꽃을 활짝 피울 수 있어서인가 봅니다.

　불현듯 발칸의 땅과 사람들의 고난의 세월들이 영상필름처럼 스쳐 지나가고, 그대의 지난 3년간의 시간들도 떠오릅니다. 최고의 향수가 그렇듯이 삶의 향기도 그런 고통 속에서 나온다는 게 약간은 잔인하게 느껴집니다. 꼭 최고의 향이 아니어도 좋을 것입니다. 삶은 드라마틱한 영화가 아니니 그저 평범하고 소박하게 이어져 나갔으면 좋겠다, 고 그대는 생각합니다.

하지만 발칸의 장미가 누구를, 언제 택할 지는 아무도 모릅니다. 최고의 향기를 선물하고 싶어질 때 아마 소리 없이 누구에게라도 다가갈 것입니다. 그대 곁에 왔었던 것처럼….

휘워이 휘이

사람이 어디가 아프거나 힘들면 병이 나기 마련이다. 딱히 몸만 아니라 마음이 힘들거나 지칠 때에도 마찬가지이다. 문학기행팀을 따라 노르웨이로 여행을 떠날 때가 그랬다.

그즈음 나는 세상사에 치였다. 사람과 일과 이름값에 치여 하루하루를 지냈다. 갑작스레 문인협회의 지부장을 맡으면서 새로운 사람들과 함께 자리를 잡고 나 나름대로 터를 마련하느라 힘들었다. 본래 사람 만나는 걸 좋아하긴 하지만 매일 만나 얘기하고, 일을 정리해 나가고, 새로이 마음에 집어넣는 일이 쉽지 않았다. 혼자서 마음의 지신밟기라도 해야 할 판이었다. 옛날 어른들은 새 집을 짓거나 새로운 땅을 고를 때 지신밟기를 했다. 그만큼 새로운 것을 받아들인다는 일이 쉽지 않다는 뜻일 게다.

  노르웨이로 가는 길은 생각대로 멀었다. 거의 만 하루가 걸려 도
착했다. 그 옛날 내 인생 중 어디 이런 곳에 갈 계획이나 생각이 있
었던가. 생전 꿈도 못 꾸던 길을 나는 떠났다. 외국에 가면 운전기
사들이 매번 의아해하는 게 하나 있다. 어떻게 이렇게 많은 가정주
부들이 남편 없이 단체여행을 즐길 수 있는가이다. 그들 눈에는 우
리들이 단체 동성애자들로 보일지도 모른다.

  아랑곳없이 여행은 시작됐다. 빙하로 가는 길가에 산들이 무수
하게 늘어서 있다. 무수하다는 말 밖에 할 수 없을 만큼 산이 크고
깊다. 무진장한 자연의 세례 앞에서 나는 이내 눈 멀미를 하고 만
다. 아름다움이 너무 진해서인가 잠시 질린다. 캘린더 속의 풍경들
은 열두 장이면 충분한 것일까. 두 눈이 피곤하다. 눈으로만 보지
말자며 나는 눈을 감는다. 달리는 차에 마음을 내맡기고 편히 자연
속으로 들어간다.

  그리그의 음악이 차 안에 진하게 퍼져 차창 밖을 내다보는 이들
의 귀를 통해 마음 저 깊은 곳까지 파고들어간다. 그는 이 대자연
의 황홀한 광경을 자기의 음악 속에 담아내지 않곤 못 배겼으리라.
아니 음악을 창조한 것이 아니라 그저 자기 마음에 들어온 자연을
그대로 악보에 옮긴 것은 아닐까. 자연이 내는 음률을 온 몸과 마
음을 열어 들었고, 광활한 우주를 통해 현재의 우리들에게 다가와
자연을 자연스럽게 들려준다. 그의 영혼의 울림이 내 마음까지 따

라와 울린다. 그의 음악을 통해 그리그란 한 자연인을 느끼고, 재능에 전율하고, 그 위대함에 소박한 감사의 기도가 절로 나온다.

여전히 차는 달린다. 깊고 웅장한 산 속에서 금방이라도 튀어 나올 것 같은 '프롬'이란 이름의 도깨비들과 뭉크의 〈절규〉로 이어지는 그림 속의 이미지들이 차창 옆으로 마구 지나간다. 잘 이해되지가 않던 그의 그림들이 순간 내 머리를 탁 치고 달아난다. 이런 자연의 땅에서 살았으니 그런 그림들을 그렸구나…. 뭉크의 외로움, 두려움, 슬픔들이 한꺼번에 몰려오는 듯 했다. 그의 그림은 항상 조금은 복잡하고 애매한 기분이 들게 한다. 오슬로의 뭉크미술관에서 본 또 다른 그림들을 떠올리면서 나는 이제 그를 가까이 느끼며 길을 간다.

산을 겹겹이 끼고 도는 강줄기가 지나치게 깨끗하다. 초록을 가운데 두고 만들어낼 수 있는 모든 색깔들이 강물에 온통 다 담겨있다. 그 강물의 투명한 색깔에 반해 옆에 있던 선배와 나는 나중에 죽으면 여기에 뿌려지고 싶다며 밝은 햇살 속에서 웃는다. 잠시 우리는 삶의 찬란한 빛을 마음껏 받으며 재잘거리는 철없는 소녀들이다.

어떤 이들은 여기가 너무 외로워서 싫다고 한다더니 이해가 된다. 사람 구경하기가 하늘의 별 따기요, 오히려 길 가다 양을 보는 일이 더 쉬운 일이니 외로움은 일상이다. 그 깊은 산 속에 산지기마냥 어쩌다 하나씩 있는 집들. 지나가다가 빨래를 널러 나온 빨간 스웨터를 입은 여자를 보는 순간 반가워 손을 내밀 뻔 했다. 그런데 그 여자가 내심 더 반가웠나보다. 턱을 괴고 한없이 쳐다보는 눈길에서 나는 외로움의 정체를 움켜쥔다.

몸과 마음에 서서히 기운이 들어온다. 내가 자연의 일부가 되어 사라진다. 아니 사라지는 것이 아니라 자연 그 자체가 되어 나는 나를 가는 길목마다 떼어낸다. 자연의 위대한 힘 속에서 새롭게 살아나기 시작한다. 깊은 산과 정화된 물빛, 맑게 빈 하늘, 끝없이 이어지는 길들…. 숨죽인 생명력 넘치는 자연의 품은 지친 내 날개를 고이 안아준다.

외로움이다. 그동안 내 몸이 필요했던 것은 아마 외로움이었나보다. 어머니의 자궁 속으로 들어가 한없이 웅크리고 싶은 나만의 깊은 강. 그곳에서 원시의 잠을 실컷 늘어지게 자 봤으면…. 나는 빨간 스웨터를 입은 여자의 외로움을 흥건하게 가슴에 안고 돌아갈 채비를 한다. 사과향기가 풍기는 풍경 속에 서 있던 그녀에게도 무언가 주고 싶어, 잠시 눈을 감고 기도를 한다.

공항에 들어서자 선배가 한 마디 한다.

"어휴, 여긴 아무래도 너무 외로워서 못 묻히겠어. 복잡하긴 해도 우리나라 땅이 낫겠어. 안 그래?"

나는 순간 망설이다 해죽이 웃어주었다.

그리고 2년 뒤, 나는 또 다시 앓고 있다. 하지만 이번엔 쉽지 않을 것 같다. 세상에는 사람의 감정을 마모시키는 시간이나 여행, 진실한 위로로도 회복되기 어려운 치명적인 상처나 상실감, 허무들이 있다. 그럴까봐 두렵다. 나는 세상 한 가운데에 서서 망연茫然히 저 편을 바라본다.

휘워이 휘이~.

라크리모사

그 문을 나서는 순간 나는 비어져 나오는 울음을 막지 못했다. 그러지 못한 이들도 먼 하늘을 바라보는 그들의 시선 위로 눈물이 젖어들거나, 억지로 삼켜버린 눈물 때문에 목젖이 얼얼한 듯 보였다. 하지만 그곳은 한줄기의 눈물로 설명될 수 있는 곳이 아니다. 아우슈비츠, 그곳은 눈물마저도 메마르게 만드는 참혹한 땅이다.

그곳을 안내한 현지 가이드는 아침에 집을 나오기 전에 제발 비가 내리지 말고 유태인을 만나지 않게 기도를 한다고 했다. 가보고서야 그 이유를 알았다. 허나 기도는 한 가지만 허락되어 비가 부슬부슬 내리는 바람에 그 땅을 돌아보는 동안 마음이 꽤 시달렸다.

책과 영화를 통해 수없이 봤던 곳이지만 그 공간에 서자 그 수많은 사람들의 일생이 한꺼번에 달려드는 것 같다. 내 머리 어느 한 구석에 자리 잡고 있던 인간의 잔혹한 피와 공포의 환상들이 별안간 구체적인 실체로 나를 붙잡아맨다. 관념적인 공간 속의 이미지들은 실재하는 현실적 공간 앞에서 허깨비처럼 맥을 못 춘다.

같은 공간에 있다는 사실만으로도 그들과 나는 무서울 정도로 쉽게 이어진다. 그들이 느껴진다. 그들이 공포와 두려움에 떨던 그 자리에 내가 지금 이렇게 서 있다. 전기 철조망 속에 한 줄로 길게 서서 검열을 받는 그들을 바라보던 나는, 어느새 그들 곁에 서 있다. 가슴이 울렁거리고 머리가 어지러워 구토가 올라온다. 겨우 방관자이면서 이렇게 유난을 떠는 내가 남세스럽기만 하다.

공포란 공포 그 자체보다 상상속의 공포가 더 무섭다고 했던가. 죽음의 시간이 다가온다는 사실을 온몸으로 느껴야 했던 그들의 감각과 고통이 손끝에 와 있다. 눈을 감았다. 그들의 빼앗긴 삶과 살아있는 나의 삶을 위하여, 그리고 이 세상을 위한 기도의 말들이 마음 깊은 곳에서 저절로 나온다.

이 모든 일들이 무엇을 위한 전주곡이며, 이 많은 희생들과 덧없는 죽음들을 통해 신은 우리 인간에게 무엇을 말하려고 했던 것일까. 만약 아무런 뜻이 없는 거라면, 순간 나는 몹시 흔들린다. 아니다. 뭔가 큰 뜻이 있어야만 한다. 그래야만 그 많은 희생된 영혼들을 위로할 수 있다. 하지만 혹여 뜻이 있는 거라면 그 뜻이 얼마나 위대하고 심오하기에 이런 행위들이 꼭 필요했던 것인지, 그 어마어마한 뜻을 이 두 눈으로 똑똑히 바라보고 싶다.

지금이라고 예외일까.

곁에 서 있던 이가 여긴 이렇게라도 알려나졌지, 지금 이 순간 세계 구석구석에서는 이것보다 더한 일들이 일어나고 있는지 모를 일이라며 씁쓸해 한다. 문명과 과학은 발전해 앞으로 점점 나아가지만 인간의 감정은 예나 지금이나 변함이 없다. 선善을 위하여 자기를 아낌없이 희생하는 사람들이 있긴 하지만, 인간의 행동이라고 붙이기가 어려울 정도의 악행이 여전히 사그라지지 않고 행해지고 있기 때문이다.

문명을 발달시키는 게 인간이지만 인간의 정신은 고양되지 못하고 제자리이다. 외신을 통해 들어오는 포로 학대에 관한 사진이나 이야기들, 테러로 어이없이 죽어가는 사람들을 맥없이 바라보면서 결국 시간과 장소와 나라만 다를 뿐 역사는 단순 반복의 순환에 지나지 않는다는 생각을 새삼 해본다.

어려서 난 잘 울었다. 갓난아기일 때 어찌나 잠도 안자고 울어대는지 부모님이 이불을 덮어버렸다고 한다. 소녀 시절에는 낙엽 떨어지는 소리에도 눈물이 서너 방울이요, 소설책에 머리를 파묻고 울기도 여러 번이었다. 잠자리에 누워 비극적인 주인공들의 심정만 생각해도 안타까워 눈물이 나왔다. 감정이입이 잘 되는 타입인지 작가와 내가 이심전심인지는 알 수 없으나 눈물이 많았던 건 사실이다.

하지만 언젠가부터 그 눈물샘에 가뭄이 들기 시작했다. 이젠 어지간한 걸 봐도 슬프질 않고, 그것보다 더한 일이 세상에 얼마나 많은데 하고 만다. 상례식상만 해도 나이가 드니 예전보다 자주 가게 되고, 자주 보니 충격도 덜 하고 눈물폭도 작아진다. 연속극 보고 우는 신파조 눈물도 이젠 많이 줄어들었다.

무엇보다도 세상엔 눈물을 흘릴 새가 없을 정도로 놀라운 일들이 시시각각 일어나는 탓이다. 감정이 채 고일 새가 없이 일어난다. 내 눈은 점점 마비되고 눈물샘은 마르기 시작한다. 심장이 저 혼자 놀래다가 달래고, 어르다가 결국은 제 풀에 지치고 만다. 그래도 사람들은 살고 나도 그 속에 끼어 글줄이나 쓴다며 꺼덕대 본다. 하지만 생명이 있는 글을 절실하게 쓰느냐에 대해선 스스로 되묻게 된다.

전후 독일 문단에서는 아우슈비츠에 관한 것뿐만 아니라 서정시 자체를 쓸 수 없다는 의식이 만연해 있었다. 유태계 독일인이었던 시인 파울 첼란은 "아우슈비츠 이후에도 시를 쓴다는 것이 가능한가?"라는 질문에 인간의 문제와 문학은 결코 분리될 수 없다며, 자신이 겪은 참혹한 시대를 극도로 상징적이고도 초현실적인 시어로 아우슈비츠를 바탕으로 한 서정시를 쓴다. 그는 시를 쓰는 것이 야만적 행위가 아님을 확인시켜 줌으로써 전후시의 가능성을 확장시켜주었다. 시 〈죽음의 푸가〉에서 그는 지상에서 누울 자리도 찾지 못한 채 연기가 되어 사라진 유태인의 참상을 인간의 원죄로 연결 짓는다.

그는 소리친다. 더 달콤하게 죽음을 연주해라. 죽음은 독일이 낳은 명인이다. 그는 소리친다. 바이올린을 더 어둡게 켜라. 너희들은 연기가 되어 공중으로 올라간다. 그러면 너희들 무덤은 구름 속에 있고, 거기서는 사람이 갇히지 않는다. (…)

죽음은 독일에서 온 거장이다. 그의 눈은 푸르다. (…)

강제 수용소에서 부모를 잃고 인간의 모든 잔인함을 목격한 뒤 겨우 죽음을 모면하고 파리에 정착하지만, 결국 센 강에 그의 삶을 수장하고 마는 가혹한 운명을 선택한 파울 첼란. 그 앞에서 나는 눈물을 거둔다.

아우슈비츠를 떠나는 내 등을 현지 가이드가 어루만진다. 폴란드 문학을 전공한다는 그녀는 내게 "이제 이곳을 떠나시면 다 잊으세요, 여긴 다 잊어버리고 행복하게 사세요." 한다. 내가 울기 시작하자 저편에서 따라 울던 그녀다. 남은 그녀는 어쩌고 나만 행복해지라고 한다. 물론 행복하게 살아야 한다. 당신이 낭비하고 있는 이 시간은 누군가 그렇게 갖고 싶어 했던 시간이라는 화장실의 경구처럼, 삶을 충실히 살아야 한다.

영화 속의 한 장면이 떠오른다. 아무 것도 없는 들판에 기차가 서고 사람들이 가방을 하나씩 들고 내린다. 그들에겐 아직 희망이 있는 것처럼 보인다. 그들은 손에 든 그 가방처럼 삶에 대한 희망을 버리지 않고 꼭 쥐고 있다. 마지막까지 놓지 않으려고 가방을 꽉 잡는다. 하지만 그 희망이라는 판도라의 가방은 아우슈비츠에서 무참히 버려졌다. 산더미처럼 쌓여있던 그들의 가방들. 언젠간 꼭 되돌려 받으리라고 생각하고 가방 위에 썼던 그들의 이름과 주소들. 하지만 그들은 없고 가방만 남겨졌다. 카프카의 누이동생이었던 마리아 카프카의 가방을 보며 나는, 카프카의 슬픔이 느껴졌다.

차창 밖의 들판 위로 기찻길이 보인다. 그 수많은 사람들이 저 기찻길을 따라 죽음의 땅으로 들어 왔다. 그들의 희망과 절망이 다가온다. 나는 이제 그와 비슷한 기찻길을 볼 때마다 눈물이 나올 것만 같다.

눈물의 날, 그 날
심판받아 마땅한 죄인이 불꽃 속에서 되살아나는 날
하느님 저들을 용서하소서.
자비로운 주 예수여.
그들에게 안식을 베푸소서! 아멘.

－모차르트의 〈레퀴엠〉 중 '라크리모사(눈물의 날)' －

공간,
그 너머에는

공간 1

배 안에서 태어나 배 안에서 한 평생을 살다가 간 피아니스트가
있다. 평생에 딱 한번 배 안에 탄 여자한테 첫눈에 반해 배를 내려
보고자 했으나, 그는 결국 내리지 못한다. 배라는 하나의 틀 안에
서 자기의 삶을 만들어 온 그로서는 눈앞에 펼쳐진 수천 갈래의 길
앞에서 자기의 인생에 대한 확신을 갖지 못해 포기하고 만다. 88건
의 피아노 건반 위에서만 그는 자유자재로 무한한 상상력을 펼칠
수 있듯이 그의 인생은 '배'라는 한정된 틀 속에서만 존재하는 것
이다. 이미 그에겐 배가 인생이고, 그 자신이 바로 세계를 떠돌아
다니는 또 하나의 배이다.

결국 그는 배의 선체가 낡아 더 이상 배로서의 의미를 상실하고 폭파 명령이 떨어졌을 때 그 배와 운명을 같이 하기로 스스로 결정한다. 배와 함께 그도 사라지고 마는 것이다. 미국 이민자가 버리고 가 이름도 없이 태어나 뱃사람들에게 그저 '나인틴 헌드래드(1900년)'라고 불리던 그의 일생은 배 안에서 시작해 배 안이라는 공간 속에서 끝이 난다. 한정된 공간에서 무한한 상상력을 가지고 살던 피아니스트. 가상의 공간에서 현실의 공간으로 간격 없이 다가온 아름다움에 한참이나 빠졌다. 〈피아니스트의 전설〉, 오랜 만에 감명 깊게 본 영화이다.

공간 2

모차르트라는 음악가를 떠올릴 때마다 나는 교과서나 음반 속의 실제 모차르트의 얼굴보다 〈아마데우스〉란 영화 속의 모차르트를 더 깊이 기억한다. 그의 이미지는 그 역할을 한 배우에게로 한정되어 있다. 내 머리 속의 공간은 이미 영상이 만들어낸 가상의 이미지에 고정되어 버리고 말았다. 그 점령된 공간을 오스트리아에 가서 조금이나마 열 수 있었다.

도시 한 가운데로 긴 강이 흐르고, 그 위에 걸려 있는 아름다운 다리와 산 언덕 위로 커다란 성이 수호신처럼 서 있는 잘츠부르크. 도시 전체 구석구석마다 음악이 흥청거리는 빈. 그 거리를 오래 전 모차르트는 악상을 떠올리며 걸어 다녔을 것이다. 하지만 기다란

겉옷을 질질 끌며 거리를 방황하던 영화 〈아마데우스〉의 모차르트처럼 칙칙한 모습은 그곳에선 느껴지지 않았다. 골목마다 아기자기한 커피하우스와 조그만 상가들은 오히려 그곳을 행복한 이야기가 있는 장소로 보이게 했다. 얼마만큼의 사실성을 가지고 만들었는지는 모르지만 모차르트 생가 구석구석에서 느껴지는 그는 오히려 가슴을 울렁거리게 할 만큼 눈물겹게 아름다웠다.

특히 모차르트의 머리카락은 나에게 갑작스레 공간의 간격을 줄여주었다. 한 움큼의 노란 머리카락은 그가 이제 더 이상 관념 속의 천재적인 음악가가 아니라고 말한다. 교과서 속의 곰팡내 나는 외울 대상도 아니고 아마데우스 속의 인물도 아니다. 다만 잘츠부르크 속에 태어난 하늘이 내려주신 천재 음악가이다. 그가 태어난 방, 침대, 도자기 난로, 그의 음악성을 일찍부터 알아낸 아버지, 여동생의 그림에서 나는 모차르트를 온몸으로 느낀다. 순간 우리는 하나가 된다. 그와 나는 한 곳에 서 있다. 나는 그와 함께 걷고 서로를 느낀다. 신통력이 없는 나도 같은 공간에 서니 신통이 생기는 모양이다.

잘츠부르크 다리 위에 서서 그 밑을 흐르는 강물을 한참이나 바라보았다. 그 흐르는 강물 속에 내가 흘러가고, 모차르트가 흘러가고, 시간이 하염없이 흘러간다. 어느새 우리는 그 강물이 되어 시간의 공간을 함께 흘러가 버린다. 강은 말없이 다 받아들인다.

공간 3

현대의 우주론이 성공을 거두면서 사람들은 영혼과 정신의 공간을 잃어버렸다고 한다. 암스트롱이 달 표면에 발을 딛는 순간 우리의 마음에서 달 속의 계수나무와 옥토끼를 빼앗겼듯이 우주 저 너머에 초월적인 존재와 정신이 있을 거라는 믿음은 공간의 동질화 속에서 추방되기 시작했다. 마치 제로섬 게임이라도 하듯 물질과학의 공간이 무한으로 확장되어 버린 만큼 영혼과 정신의 공간은 줄어들고 말았다. 중세의 우주에서 영혼의 장소는 항상 '공간, 그 너머'의 세계에 속했다. 그 '너머'라는 의미는 알 수 없는 신비의 영역이고 영혼이 숨어 안식할 곳이다. 하지만 그곳은 이미 잃어버렸는지도 모른다. 점점 그 너머를 바라보는 일이 줄어드는 것만 같다. 현실이 우리들의 삶의 발목을 잡고 입속의 밥 한 숟가락이 더 급한 공간 속에 우리는 살고 있다.

지난 여름 극성스러운 더위는 아파트라는 공간 속에 누워있는 나를 무기력하게 만들었다. 한번 읽어 보려고 마음먹었던 토마스 만의 《마의 산》은 말 그대로 마의 산이 되어 넘질 못했다. 같은 페이지만 며칠을 뒤적이다 나는 책장을 덮어버렸다. 그리고는 올림픽과 비디오의 공간 속으로 도망갔다. 별 생각 없이 누워서 눈만 돌리면 되는 일이 컴퓨터 앞에 앉아 머리를 쥐어짜거나 책 속에 코를 파묻는 일보다 쉬웠다.

재수를 하는 아들이 보낼 지루하고 긴 여름을 나는 새벽까지 함께 있는 것으로 대신했다. 어차피 책을 못 읽을 바에야 영화라도 대신 봐 두는 것이 계산상으로 나을 것 같았다. 게다가 영화를 보고 나면 새벽 3시쯤이 되니, 같이 밤을 새 주는 것도 어미로서 할 일을 조금 했다는 위로가 되기도 했다.

그런데 시간이 흐를수록 자꾸 머리가 아파오고 가슴이 답답해진다. 왜 그런가 한참을 생각했다. 단지 늦은 취침과 적은 수면 탓만은 아니다. 나는 영상이라는 가상의 공간 속에서 나를 잃어버리고 있었다. 그것이 만들어내는 이미지에 갇혀 서서히 네모난 공간 속의 수인이 되어 버렸다.

더 이상 빈 공간 속에서 생각하지도 상상하지도 않는다. 공간 너머의 세계를 넘보지도 않고 달려가려 하지도 않는다. 덥다는 이유만으로 나는 아파트라는 현실적 공간에 누워 사고의 공간을 닫아 버린다. 단지 오감으로 느끼는 본능만이 그 한 여름에 덩그러니 남아 있었다. 나의 어지러움은 그때부터 시작되었다.

이젠 제법 바람이 선선하다. 나는 그 바람에 머리를 들이민다. 더러 얼룩은 남아도 깨끗해진 느낌이다. 돌아오는 계절에는 공간, 그 너머로 훌쩍 여행을 떠나고 싶다. 이제 그곳에 더 이상 남아 있는 것이 없다고 해도, 우리들이 잊어버리지 않고 기억하는 한 아름다운 영혼과 정신의 세계는 생생히 살아 있을 것이다. 마의 산을 넘어서 다만 한 조각이라도 찾아내어 이 도시로 다시 돌아오고 싶다.

그대, 바람에 스치다

러시아의 전통 차 주전자인 사모바르라는 말에는 듣는 순간
청각과 후각, 촉각을 다 살아나게 하는 따스함이 있었다.
그 주전자에서 나오는 연기가 신기루의 연기처럼 나의 숨겨진 영감을
불러일으켰으며, 러시아의 황량한 들판과 어두운 계단을 오르는 라스콜리니코프의
어둠 속의 형형한 눈과 고골리의 낡은 외투와 톨스토이의 나타샤를 떠올리게 했다.

꿈 속의 책상

어렸을 적, 사람들이 물었다.

"너는 커서 무엇이 되고 싶니?"

나는 그런 질문을 받을 때마다 머릿속이 하얘져서 아무런 생각이 나질 않았다. 아, 사람은 이담에 크면 꼭 무엇이 되어야 하는구나. 무엇이 안 되면 어떻게 되는 걸까…. 내 머릿속의 혼란은 그때부터 시작되었다.

조그만 머리로 아무리 이런저런 생각을 해보아도 무엇을 해야 할지 알 수 없었다. 아니 그보다는 무언가 되고 싶은 게 없었다는 게 솔직하리라. 나는 그냥 혼자서 방바닥을 뒹굴거나 멍하니 하늘을 쳐다보며, 왜 나는 무언가가 되고 싶은 게 없을까 생각했다. 미술반원이고 사생대회에 나가 상도 좀 탔으니 화가라고 해볼까, 아니면 피아노를 쳤으니 피아니스트라고 말해야 되나…. 친구들이 "난 미래에 이런 사람이 될 거야. 이런 사람이 되고 싶어." 하고 자신 있게 말할 때마다 나는 부러워서 괜히 주눅이 들고 열등의식에 사로잡혔다. 그러면서도 나는 무언가가 되고 싶지 않았고, 도저히 정할 수가 없었다. 혹여 한 인간이 무엇으로 명명되어지는 게 싫었던 건 아닐까, 하는 생각이 나중에 들기도 했다.

만약 그때 확실한 대답이 떠올랐다면 사는 게 좀 더 명확해지고 편해졌을까. 대학생이 되고 사회인이 되어서는 어떤 남자가 결혼 상대자였으면 좋겠냐는 질문으로 바뀌었지만, 나는 여전히 아무런 대답도 내놓질 못했다. 도대체 머릿속에 아무런 얼굴도 떠오르질 않았다. 꿈꾼다고 그런 사람이 나타날 리도 없고, 소설이나 영화 속의 한 장면처럼 왕자님이 나타난다거나 신데렐라의 유리 구두 같은 것은 그저 환상이라며 우습게 여겼다. 만나보지도 않은, 알 수 없는 사람에 대해 꿈을 꾼다는 게 내겐 왜 그런지 지루하기만 했다.

나는 무엇이 되고 싶지도, 내 인생에 대해 환상적인 꿈을 꾸지도 않았다.

사람들이 다시 물었다.

"너는 무엇이 제일 갖고 싶니?"

이렇게 물으면 나는, 언제나, 분명하게 말했다. 아주 큰 책상 하나.

그리고 혹시 그 옆에 벽 한쪽으로 책장이 있고, 책상 앞 유리창 너머로 푸른 초원이 펼쳐져 있거나 푸른 바다가 보인다면 얼마나 멋질까. 그것이야말로 최고로 멋진 삶의 모습이라고 생각했다.

나는 그 큰 책상 위에 장정이 훌륭한 책들을 올려놓고 마냥 바라보고 싶었다. 멋지게 디자인 된 장정들은 그 자체로 하나의 신세계였고 그것들을 바라보는 것만으로도 배가 부를 것 같았다. 그리고 깃털이 달린 펜으로 무언가 종이 위에 쓰거나, 찰스 램의 《오래된 도자기》에 나올 법한 우아한 찻잔을 그 위에 올려놓고 그윽하게 마시면서 타자기에 손을 얹고 '타닥 탁' 치며 시간을 보내든지, 추운 겨울엔 러시아 소설에 자주 나오는 사모바르를 그 옆에 하나 들여놓고 싶었다. 러시아의 전통 차 주전자인 사모바르라는 말에는 듣는 순간 청각과 후각, 촉각을 다 살아나게 하는 따스함이 있었다. 그 주전자에서 나오는 연기가 신기루의 연기처럼 나의 숨겨진 영감을 불러일으켰으며, 러시아의 황량한 들판과 어두운 계단을 오르는 라스콜리니코프의 어둠 속의 형형한 눈과 고골리의 낡은 외투와 톨스토이의 나타샤를 떠올리게 했다. 무엇보다도 무릎덮개 위로 스며드는 그 사모바르의 향기와 끓는 차의 소리, 창 밖에는 소리 없이 눈이 내리는데 온 방안에는 책장 넘기는 소리만 가득한, 그런 풍경을 상상했었다.

아주 큰 책상을 갖기만 하면 이 모든 것들이 다 내 곁에 있을 것 같았다. 언제까지나….

아버지는 여름에는 하얀 모시적삼 한복을, 겨울에는 두툼하게 솜을 넣은 한복을 입고 아랫목에 앉아 책을 읽으셨다. 어머니는 손질이 어렵다는 한복을 언제나 깔끔하게 손질해서 아버지께 드렸다. 책상 아래에는 흰 요가 항상 깔려 있었다. 책을 읽다가 피곤해지면 잠깐 주무시기도 하고, 누워서 음악을 듣기도 하셨다. 이상하게 아버지를 떠올리면 다른 것보다 한복과 새하얀 요, 그리고 앉은뱅이책상이 떠오른다. 그 위에 놓인 책들도 그렇지만 무슨 잡지인가를 신주단지 모시듯이 아끼고 모으셨는데 나중에 보니 《현대문학》이었다.

그때는 출판물이 많지 않던 때라 한 페이지 한 페이지를 소중하게 넘기고 문장 하나를 아끼면서 읽으셨던 것 같다. 때론 소리 내어 읽거나 외우기도 하셨다. 요즘처럼 출판물이 넘쳐나는 시대에서야 이런 장면이 구시대의 유물처럼 느껴질 수도 있겠지만, 글이란 어떻게 읽어야 하는 지를 말없이 배운 장면이다. 나는 《창작과 비평》도 더러 모았지만 《뿌리 깊은 나무》 잡지를 창간호부터 모았는데, 마치 그 책이 무슨 지성의 대표라도 되는 듯이 빠짐없이 읽고 친구들과 열심히 얘기했었다. 이제 그 잡지들은 몇 번의 이사끝에 폐지처럼 사라지고 그저 이름만 내 가슴에 남아 있다.

올해 아이들이 결혼과 유학으로 집을 떠나고 남편과 나는 신혼 아닌 신혼이 되었다. 그리고 그들이 떠난 자리에 꿈속의 책상이 선물처럼 들어앉았다.

내가 사는 세상에는

그녀를 보면 늘 길고양이들이 생각난다.

하지만 골목길 한 구석을 어슬렁거리며 유유히 걷거나 쓰레기통을 뒤져 배가 부른 놈들이 아니라, 얼핏 눈에 잘 띄지 않는 골목 후미진 곳이나 '재개발추진위원회' 간판을 내건 컨테이너 박스 밑에 숨어 지내는 내성적인 놈들이다. 힘이 세거나 사납고, 기름진 놈들은 그녀의 길고양이가 아니다.

그녀는 좀 마른 편이다. 언제 한번 화려한 옷을 입고 오는 것도 보기 어려웠다. 그저 편하게 머리에 모자를 푹 눌러쓰고 소박한 옷차림으로 동네 골목을 잘 쏘다닌다. 그러다 어느 가련한 놈이 눈에 띄면 얼른 안아주거나 뒤따라가 집이랄 것도 없는 그들만의 주거지를 눈여겨둔다. 그리곤 오지랖 넓게 챙기기 시작한다. 비가 오거나 눈 내리거나 바람이 불면 그 놈들 사는 데를 코를 파묻고 들여다보며 걱정으로 한숨을 내쉬고, 재건축추진위원회 사무실이 헐린다는 소문에는 제 집이나 헐린 듯 가슴을 쓸어내린다.

가끔 동병상련의 심정을 잔잔한 글로 옮기며 제 심정을 길고양이에게 전하기도 하고, 말 못하는 그들의 마음을 읽으며 애잔해진 가슴에 동동거린다. 더러 제 자식 아이처럼 이름도 지어주곤 불러보다 어딘가로 사라지면, 정 주던 연인이라도 사라진 듯 허전하고 쓸쓸해 한다.

사실 나는 고양이를 좋아하는 편은 아니다. 특히 야광에 빛을 발하는 눈을 제대로 쳐다볼 엄두도 나질 않고, 왠지 소파 위에 귀부인처럼 앉아서 조는 모습도 마뜩찮았다. 그래서 처음엔 그녀가 그렇게 집 동네의 고양이들에게 관심을 두는 게 낯설게 느껴졌다. 어디서 맛있는 밥을 먹을라치면 그녀의 손에는 영락없이 비닐봉지가 들려있다.

"이건 동네 재건축 컨테이너에 있는 고양이 줄 거고, 요건 그 반대편 지하에 사는 어린 팽이들 줄 거고…"

하지만 그것도 한두 번이지 일 년 열두 달 내내 그러니, 나처럼 그놈들과 거리를 두고 사는 사람으로선 마음 한 구석이 걸쩍지근한 것이 사실이다. 이런 내가 괜히 비정한 인간으로 여겨질 때는 세상엔 별스럽게 사는 사람도 있는 법이지 하며 나 스스로 평범한 사람 무리에 집어놓곤 위안을 삼았다.

어느 날 그녀가 백일장에서 장원을 했다는 소식을 들었다. 축하의 인사를 아낌없이 나누고 있는데, 누군가 상금이 얼마냐고 묻자 한 150만 원 정도는 되는 듯싶다고 했다. 한 턱 내라느니 어디다 쓸 거냐고 묻는 와중에 그녀는 이미 쓸 곳을 다 정해 놓았다며 싱글거린다.

"길고양이 두 마리가 범백혈병 감소증에 걸려서 수술 해주는데 한 70만원이 든다네요. 그래서 이번에 고쳐주려고요."

이런, 내 저럴 줄 알았어, 라고 말하기엔 아쉽기도 하고 아깝기도 한 금액이었다. 700여 명이나 되는 중에서 뽑혀 받은 상금인데 그렇게 쓰다니…, 내가 더 아쉬웠다.

이 '범백'은 혈액 내 백혈구가 감소하는 병인데 열이 나다가 뇌가 마비되어서 죽는 병이라고 한다. 부지런한 그녀는 두 마리를 열흘 간 입원시키더니 뭐 본 김에 뭐 한다고 중성화 수술에다 예방 접종까지 덧붙인 모양이다. 결국 130만 원이 든 모양인데 자기가 번 돈으로 이렇게 불쌍한 애들을 살리니 기분이 좋다며 연신 목소리가 높아진다. 그 순간에도 나는 제 옷이나 하나 멋진 것으로 사서 입지. 어찌 자기한테는 저리도 무심한지, 하며 곱게 눈을 흘겼다.

"고 예쁜 길고양이들과 눈을 한번 마주치면 안 돌보아 줄 수 없어요. 고양이들을 무서워하지 마세요. 걔네들이 사람을 더 무서워해요. 사랑해 주세요."

중성자 수술을 받은 두 놈은 딸 친구네 집으로 입양을 가 안착을 했고, 동물들에게 마음 주는 게 서툰 나는 여전히 마음을 잘 돌리지 못하고 있고, 투명한 마음을 가진 그녀는 언제 또 다시 있는 거 없는 거 다 털어 줄지 모를 일이다. 내가 사는 세상엔 참 아름다운 사람들이 많다.

이 모든 게
꿈이었으면

비가 내리고 바람이 붑니다.

허세욱 선생님!

그곳에도 바람이 불고 비가 내려 어디론가 떠나고 싶어 가슴이 설레시나요. 하여 비에 젖은 종이에 뜨거운 시 한 편이나 속 깊은 수필을 쓰며 땅 위로 떨어지는 빗방울 소리를 듣거나, 콧등에 돋보기를 얹히곤 우리말과 다른 나라 말 사이를 오가며 옮기느라 이마에 촉촉이 땀이 배이셨나요. 혹 외롭다 무섭다, 그립다 하며 마음을 쓸어내리고 계시진 않으신가요.

설핏 부르는 소리가 들리는 듯해 밖을 내다보니, 그저 바람일 뿐입니다. 오늘처럼 바람이 야속하기도 처음입니다.

밤 10시, 병원의 불빛을 뒤로 하고 마지막 셔틀 버스를 타고 내려올 때에도 힘들지 않았습니다. 저편 어딘가에 아직 선생님이 계셨기 때문입니다. 그래서 무슨 대단한 임무나 부여받은 듯 그저 문상객을 맞이하고 보내드리는 일만 묵묵히 했습니다. 이게 다 무슨 일인가 당최 갈피를 잡을 수 없어도 심장을 밖으로 꺼내지 않으려 두 손으로 지그시 눌렀습니다. 시간은 그런 속에서도 무심히 흘러가고 아무도 보내지 않았건만 선생님은 홀연히 떠나셨습니다. 세상사 다 부질없다, 아쉽고 안타깝다, 할 일이 아직 많은데, 아니 이제 다 버리니 참으로 편하다…. 무슨 말씀이라도 좋으니 언제나 그러시듯 크게 웃으시며 이 제자의 등을 탁 쳐주십시오.

세상 일 참으로 알 수 없다지만 미련하게 그리도 몰랐습니다.

영국으로 떠나기 전 선생님 댁에서 만나 한 시간 이야기 한 것이 마지막인 줄 알았더라면, 바쁜 일 다 처리하고 여행가선 여기 일 다 잊고 신나게 놀고 오라며 굳게 잡아주시던 손길이 이승에서의 마지막 닿음인 줄 느꼈더라면, 약간 어눌해진 말투로 《계간수필》 원고 청탁자들을 알려주시고 언제 돌아오느냐 재차 묻던 목소리가 끝인 줄 눈치 챘더라면, 세상은 조금 달라졌을까요.

잠이 오질 않아 밤에 일어나 앉거나 침대에 누워 천장을 멍하니 바라보면 병상의 선생님의 아픈 얼굴보다는 14년을 가까이 뵈었던 기운차고 우렁찬 목소리로 말씀을 하시던 모습이 떠오릅니다. 그 목소리, 그 웃음, 기운찬 걸음걸이, 그 엄격함과 절제, 소박함, 뜨거운 열정과 힘이 손에 닿을 성 싶어 뻗어봅니다.

남에게는 칭찬할지언정 앞에 두고 말하시는 일 없고, 편집회의를 하느라 모여 앉을 때 아무리 자리가 비어도 간이의자를 놓고 항상 한 걸음 어른들 뒤에 앉으라고 엄격히 가르치시고, 지시한 일은 게으름피우지 말고 쏜살같이 준비해 놔 물으시면 즉각 답변을 하도록 훈련시키시고, 그러면서도 언제나 딸처럼 "경은아." 라고 편히 이름을 불러 주시기도 하고, 좋은 수필을 만나면 한 재산 얻은 듯이 기뻐하시고, 흰 눈 펄펄 내리는 날 집으로 그냥 들어갈라치면 젊은 청춘들이 뭐 그리 감성이 없냐며 맥주 한잔 하자고 붙잡던 선생님. 이제 이 세상 어디에서도 만나 뵐 수 없다는 말씀이신가요.

1997년 겨울, 중문학을 하는 이가 수필가로 등단했다며 그리도 반가이 맞아 주셨던 게 눈에 선합니다. 그 뒤로 〈계수회〉와 〈수필문우회〉에서 선생님의 조수 노릇을 하며 많은 가르침을 받았고, 모자라는 힘으로 옆에 서 있었습니다.

선배 문인들과 주위에서 이제 어쩌느냐며 걱정을 하십니다. 저는 눈을 감고 이럴 때 선생님이라면 뭐라실까 생각했습니다. 그리곤 살짝 미소를 지었습니다. 이미 그 대답을 잘 압니다. 분명히 제 등을 툭 치시며 "걱정 마. 모두 잘 될 거야!" 라고 환히 웃으실 것입니다. 그렇습니다. 선생님께서 지난 세월 애쓰신 만큼 살아남은 이들이 그 뜻을 받들 것입니다.

오늘, 2000년 12월 28일에 보내주신 한 통의 편지를 꺼내보았습

니다. 선생님의 필체가 누레진 종이에 파란 잉크로 고스란히 남아
있습니다.

> "(…) 후배 같기도 제자 같기도 딸 같기도 친구 같기도, 그런 사
> 람이어서 늘 허물없이 대하지. 〈계수회〉 만들어 힘이 많이 들지
> 만, 잘 이끌면 이 나라 문단에도 길들이 하는 거야. 하지만 자기
> 글 잘 쓰는 게 제일이겠지? (…)"

언제나 모든 일의 정곡을 놓치지 않는 날카로움과 따뜻한 정이
느껴지는 구절입니다. 선생님은 언제나 그런 분이셨습니다.

"사람을 따르지 말고 진리와 올바름을 따르라."는 말씀에 삶의
엄정함을 배웁니다만, 그 길이 쉽지 않은 줄 알기에 마음에 깊이
새기며 살겠습니다.

아, 이 모든 게 꿈이었으면 좋겠습니다.

세 번의 악수

김태길 선생님을 생각하면 여러 가지가 있지만 내게는 그 무엇보다도 선생님과 나누었던 '세 번의 악수'가 떠오른다.

10년 전쯤 어느 여름날인가보다. 《계간수필》로 등단한 수필가들이 모여서 〈계수회〉라는 동인회를 만들었고, 나는 네 번째로 등단한 덕에 부회장을 맡고 있었다. 무슨 명단 자료를 만들어 가지고 선생님을 뵐 일이 생겨서 방배동 철학문제연구소에 갔는데, 선생님은 스스럼없이 악수를 청하시며 반갑게 맞아주셨다. 그런데 악수를 하려고 손을 내민 순간 놀랐다. 선생님의 손힘이 얼마나 센지 20대 젊은이보다 더 세게 느껴졌다. 나는 속으로 '아니 가랑가랑하시는 몸으로 보이는데 어디서 이렇게 힘이 나오는 걸까'하며, 혹 이런 보이지 않는 힘이 선생님의 숨겨진 열정은 아닐까 하는 생각을 했다. 그때 선생님께서 "이렇게 잘 해올 줄 알았어요." 라고 격려의 말을 해 주셔서, 나는 온 몸에서 힘이 절로 나 앞으로 더 열심히 일을 해야지 하는 다짐을 했었다.

그 뒤 수필 문우회 회원들과 중국 황산여행을 갔을 때이다. 아침잠이 많은 나는 이른 아침부터 황산을 오른다고 하여 걱정이 앞섰다. 어떻게 피해보려고 했으나 일행 중 맨 막내라 쉽지 않아, 어디 못갈 데라도 끌려가는 소 마냥 목을 길게 하고 뒤에 쳐져서 오르기 시작했다.

그 때 내 눈에 김태길 선생님이 지팡이를 잡으시고 천천히 산을 오르시는 모습이 들어왔다. 순간 선생님을 친구 삼아 함께 가다가 슬쩍 이 등반 대열에서 함께 빠져나와야지 하는 생각이 머리를 스쳤다. 곁으로 다가가 "선생님. 우리 힘들면 중간 쯤 가다가 그만 내려와요." 라고 말씀 드렸더니, 아무 말 없이 그저 빙그레 웃으시면서 정 힘들면 손을 잡으라며 내미셨다. 나는 나이 든 선생님도 이렇게 올라가시는 데 하며 조금 부끄러운 생각이 들어 입을 꽉 다물고 뒤따라갔다.

그런데 선생님은 지팡이를 짚으신 채 처음부터 끝까지 숨결도 고르고 발길도 고르게 천천히 정상에 오르셨다. 나는 맹추처럼 선생님의 등반 실력을 모르고 겉모습만 보고 잘 못 오를 것이라며 함께 도망갈 동지를 만났다고 혼자 좋아했던 것이다. "이 선생, 나를 무시하지 마시오! 난 아직 젊어요." 하며 웃으실 것만 같아, 나중에 생각할 때마다 얼마나 낯이 뜨거웠는지 모른다.

장례식장에 들어가 영정 사진을 뵈니 한국 제일의 철학자로서 지니셨던 위엄과 점잖음보다는 겨울이면 구부정할 정도로 큰 키에 베레모를 쓰시고 롱코트를 멋지게 입으셨던 배우 같던 모습이 더 생각났다. 가끔 유머러스한 말을 섞어 모임에 참석한 사람들의 이마의 주름을 펴주시던 입가의 잔웃음과 약간 구부러진 목소리도 들리는 것 같았다.

합평회 원고를 쓰느라 테이프 녹취한 것을 다시 들을 때마다 어쩌면 선생님은 이렇게 단 한마디 헛된 말이나 쓸데없는 군더더기가 없이 총평을 하실까 매번 감탄을 하곤 했었는데, 이제 다시는 그 그리운 음성을 들을 수 없다고 생각하니 등줄기가 허전했다.

발인하는 날, 장지에서 나는 김태길 선생님과 마지막 악수를 나누었다.

"선생님, 조심해서 편안히 가십시오. 살면서 생각나고 그리워질 때마다 선생님의 말씀을 마음에 새겨 더 열심히 살겠습니다."

우리를 스치고
지나가는 것들

집 앞에 공중목욕탕이 있어서 한 달에 한두 번 정도 간다. 목욕탕은 뭔가 시간에 매인 일이 없거나 주로 심신이 편한 날에 가게 되기에 마음이 한가로워진다. 육신의 때를 씻다보면 더러 마음의 때도 씻길 지 모른다는 궤변을 혼자 늘어놓으며 뜨거운 탕 속으로 들어간다.

탕 속에 이란성 쌍둥이 아이들이 들어와 장난을 친다. 이란성 쌍둥이라서 그런지 전혀 닮지 않았다. 한 아이는 눈이 크고 예쁜데, 나머지 한 아이는 눈도 작고 남자 아이처럼 생겼다. 나는 그 아이들을 보면서 나중에 크면 갈등이 제법 있겠구나 하는 생각을 했다. 그리고는 이내 두 아이를 주인공으로 이야기를 구성한다. 이런 저런 사건들을 겪게 하고, 위기를 극복하여 자기만의 독특한 인생을 만드는 인생역전의 삶을 상상하며 물속에 더 깊이 몸을 담근다. 이런 상상의 시간은 아무리 많이 써도 누가 세금을 내라고 할 리 없는 나만의 은밀한 시간이다.

드라마를 쓰기 시작하면서 버릇이 하나 생겼다. 원래 세상일에 대해 호기심이 많은 편이기도 하지만 사람에 대한 관찰이 더 유난해졌다. 사람들이 많이 모인 장소나 지하철을 타면 앞에 앉아 있는 사람들의 외모나 옷차림, 말투를 보면서 그의 일생을 추측하고 상상하게 된다. 나중엔 그것도 모자라 모든 상상력을 동원해 드라마로 재구성해 본다. 사람들이 말하는 언어나 행동, 외모 등이 나에게 산 공부가 되기 때문이다. 혹자는 표절이라고 할 지도 모르나 나는 작가의 현장 체험이요 세밀한 관찰력이라고 굳이 우기고 싶다. 사람을 떠나서 사람 이야기를 쓰기란 어려운 탓이다.

스페인 여행길에 들렀던 알함브라 궁전에서의 일이다. 궁전의 회랑을 지나가는 길에 건너편 산 위에 집시 마을이 나타났다. 순간 나는 궁전의 아름다움보다 그 산 위의 다닥다닥 붙은 하얀 회칠을 한 집들에 더 마음을 빼앗겼다. 아! 저 집 하나하나에 사는 사람들의 얘기만 다 써도 평생 소재 거리는 걱정 없을텐데 하며 한참을 서서 바라보았다. 정지된 궁전보다는 그 산 위의 집들이 내겐 더 아름다웠다. 그곳엔 사람들의 숨결이 생생하게 살아있고 삶의 냄새가 물씬 났다.

새로운 인물에 대한 창조는 때론 가슴을 울렁거리게도 하고, 작가가 이루지 못한 삶을 주인공들을 통해 이뤄내 보고자 하는 욕망마저 지난다. 조선 초기 문인이었던 김시습은 현실 속에서 자기의 뜻을 이루지 못하고 번민과 고난 속에서 삶을 마쳤다고 한다. 그래서인가 그는 한문 단편소설집인 《금오신화》 속의 〈만복사저포기萬福寺摴蒲記〉 〈이생규장전李生窺墻傳〉 등등의 일련의 작품에서 그의 욕망 성취를 강하게 드러내 보인다. 세상과 타협적이지도 적극적이지도 못했던 그의 삶이 소설 속에서는 비현실적인 존재와의 만남을 통해 초월적 세계로 확장되거나, 관습의 틀을 깨뜨리고 사랑을 실현시키는 작가의 솔직하고 대담한 애정관으로 나타난다.

현실에서 이루지 못하는 일이나 삶의 모습들을 꿈이나 환상 속에서만이라도 이루어보고 싶은 강한 욕구가 이런 환상체험 같은 작품들을 만들었을 것이라 생각하니 당시 그의 참담했던 심정이 절로 느껴진다. 사는 게 오죽이나 답답하고 힘들었으면 주인공의 힘이라도 빌려 대리만족을 하고 싶었을까 싶어 다시 한 번 작품의 의미를 찾게 된다. 요즈음 판타지 소설이나 영화가 공전의 히트를 치는 것도 그런 시대적인 음영陰影이 있는 것 같다.

작품을 쓰다보면 어떨 때는 제목이 먼저 떠오르는 경우가 있고, 어느 날에는 인물이 맘에 들어서 쓰게 되기도 한다. 배우들이 자기가 맡은 역할을 연기하면서 수많은 인물들의 인생을 대신 살게 된다고 하듯이, 작가들은 이렇게 작중 인물들을 통해 다면적인 자신의 또 다른 모습을 투영해 낸다. 이런 인물 저런 인물들을 만들어 옷을 입히고 대사를 주고 행동하게 만들다 보면, 드문드문 그 인물들을 통해 카타르시스도 느낄 수 있으니 과정은 힘들어도 재미는 있다.

한번은 작품은 다 완성이 되었는데 알맞은 제목이 영 떠오르질 않아 일주일을 방송국에 못 보낸 적이 있다. 여기저기 시집도 뒤적거리고 소설집들도 들춰내어 50여 개의 제목을 종이에 써 보았지만 맘에 드는 제목을 찾지 못했다. 이럴 때는 주위에 있는 사람들이 괴롭다. 하나씩 생각해 내라고 윽박질러 받아낸 제목들을 앞에 놓고 나는 또 다시 고민한다. 선택은 결국 나만의 몫이고 숙제이기 때문이다.

분위기에 가장 알맞은 패션을 위해 전문적인 코디가 필요하듯이 그 작품에 딱 어울리는 제목을 찾아주는 일은 마치 작품의 운명을 지워주는 듯한 엄숙성이 있다. '제목이 반이고, 얼굴이 명함' 이라는데, 그 작품에 어울리는 제목을 밤새워 고민하다가 순간적으로 떠오를 때의 기쁨은 가히 비교할 데가 없다. 줄긋기 시험에서 깨끗하게 제대로 이어진 줄을 보는 기분이 들고, 그제야 안심이 된다. 마치 인생의 여러 길을 헤매다가 자기가 하고 싶고 원하는 삶의 모습을 발견해내는 것 같다.

이 모든 것들이 우리를 스치고 지나간다.

전광석화처럼 지나가는 이런 모든 것들을 붙잡으려 작가들은 마음을 졸인다. 처음에는 애걸복걸하며 두 손안에 잡으려 애쓰지만 그런다고 두 손안에 남아 있는 것은 아니다. 손안에 쥔 모래처럼, 바람처럼, 그것들은 순식간에 신기루처럼 사라진다. '영감靈感'이라 불리는 그 한줄기의 바람의 스침을 잡고자 세상의 모든 예술가들은 밤을 새우기도 하고, 여행을 떠나기도 하고, 꿈이라는 잠재의식의 발현을 기다린다. 밤새 뒤척이다 잠들었건만 아침에 하얀 백지장처럼 되어버린 뇌의 멍청함에 아연해진 일이 어디 한두 번인가. 어느 소설가가 "이젠 그들이 매정하게 떠나버리면 잘 떠났다고 굿바이 인사를 보내고, 그 덕에 골치 아프게 머리 쓸 일이 없어져 차라리 행복하다고 생각한다."는 말이 떠오른다. 그래, 내 곁에 다가와 써 주기를 조용히 기다려주는 것들만 욕심 부리지 않고 천천히 써 나가는 것도 좋으리라.

한 여인이 목욕탕 안으로 들어오더니 뜨거운 물을 세차게 튼다. 갑자기 수증기로 탕 안이 뿌예진다. 나는 눈을 감는다.

'저 여자는 이 목욕탕을 나가면 집으로 가지 않고, 분명 누군가를 만나러 간다…'

시인과 치킨,
그리고 쓸쓸함

　거리를 지나다보면 두세 집 건너 있는 것이 치킨 집이다. 나는 닭을 별로 좋아하지는 않지만 과천 한 구석에 있는 치킨 집엔 자주 간다. 그 곳은 K라는 시인이 하는 가게이다. 같은 문학 단체에 속해 있어서 문우들이 약속 장소로 정해놓은 곳인데, 사랑방이라는 다소곳한 말보다는 아지트라는 은밀한 말이 더 잘 어울린다. 이젠 과천 내에서 일어나는 모든 시시콜콜한 회의나 모임이 끝나면 으레 그곳에 들려 호프 한 잔씩이라도 하고 헤어져야 그날 일의 마침표가 찍어지는 기분마저 든다.

　처음에 나는 그의 가게에서 모이는 것이 편치 않았다. 등산 갔다오는 길에 들르는 사람들의 끈적끈적한 땀 냄새나 술 몇 잔에 뱉어

나오는 목청 높은 건주정, 튀긴 치킨은 냄새에 유난히 민감한 나를 곤욕스럽게 했다. 더욱이 요즘은 모든 가게들이 음식보다 오히려 외부의 화려하고 세련된 인테리어에 더 힘쓰는 형편인지라, 식탁 몇 개가 덜렁 있는 투박한 가게가 낯설었다.

게다가 치장이라고는 애당초 모르쇠로 하며 털털거리고 다니는 그와 '시詩'라는 세계가 쉽게 줄이 그어지지도 않았다. 한참이나 지난 뒤에 나는 평소의 못된 습관을 버리지 못하고 드디어 한 마디를 했다. 주인이 시인이니 시라도 한 수 적어 벽에 걸어놓든지 단아한 그의 아내를 누군가 멋지게 스케치 해준 도화지를 그냥 덜렁 벽에다 걸지 말고 액자라도 해놓으라고 넌지시 말을 건넸다. 그는 이내 "버릇 나빠져요." 하며 픽 웃고 만다.

순간, 그 한 마디의 대사는 나에게 다중의 의미로 다가왔다. 그 말은 평소 그의 아내에 대한 가부장적인 태도로 볼 수도 있지만, 동시에 내 자신이 이 세상에서 버릇이 많이 나빠졌구나 하는 새로운 사실을 깨닫게 했다. 나도 모르게 그저 눈에 좋고 입에 좋고, 귀에 좋은 것들에 더 눈을 돌리는 것은 아닌가 싶었다. 조악한 음식보다는 화려한 7첩 반상의 상차림을 좋아하고, 물을 마셔 목을 축이는 일보다는 금은보화로 장식하고 도금한 그릇에 더 정신을 팔고, 경계와 질타의 소리보다는 칭찬하고 아첨하는 말에 더 솔깃했다. 본질보다는 외견에 마음을 많이 빼앗기고 사는 시대에 살아서인지는 몰라도, 어쨌든 몸과 마음이 오염된 것은 확실하니 시대를 탓하든 나 자신을 돌아보든 고민해야할 일이다.

로마는 하루아침에 망하지 않는다는 말도 있지만 위대한 로마 제국이 멸망의 길로 들어선 것은 술과 쾌락 때문이었다고 한다. 인간의 본능을 만족시키는 쾌락주의-하지만 그것은 이상스레 죽음의 끈과 맞닿아있다는 느낌이 든다. 《뇌》라는 소설 속에서 작가는 쾌락이란 인간 뇌 속의 '쾌감의 중추신경'이라는 특정 부위가 자극되면 느껴지는 것이라고 얘기한다. 결국 소설 속의 주인공 의사는 지독한 쾌락을 맛보려다가 자극의 위험 수위를 넘겨 죽음에 이르고 만다. 쾌락의 이런 비극적인 모습을 알았기에 토머스 모어는 그의 책 《유토피아》에서 건강한 육체와 정신적 쾌락의 우위성을 유난히 강조했는지도 모른다.

K시인의 가게를 들락거리면서 나의 생각이 많이 바뀌었다. 등산 갔다가 편히 들러서 한 잔 하거나 부부싸움 끝에 홧술로 한 잔 들이키든지 간에 주머니 사정이 얄팍한 이들이 편하게 마실 수 있는 장소로는 촌스럽고 투박한 분위기가 더 잘 어울린다는 사실이다. 인테리어가 너무 화려하거나 세련되면 편히 죽치고 앉아 마시는 질펀함이 적고 호프 한 잔에 인생을 얘기하는 거나함이 모자란다.

도통 그런 가게에 있을 것 같지도 않은 최신 시 잡지나 좋은 시집들이 한 구석에 처박히듯이 쌓여있는 모습에서 나는 참된 시인의 모습을 본다. 생활 한 가운데 살아있는 생명력 넘치는 인생의 시 한 편이 거기 엄숙하게 존재한다는 사실에, 나는 때때로 가슴이 뭉클해진다. 입으로는 시를 외고 사랑한다면서도 시인의 이름을 무슨 치장처럼 걸고 다니는 이들이 많아진 이 시대에 생계를 위해 닭을 키우며 한 자 한 자 시를 썼다던 '자유의 시인 김수영'을 만난 기분이다. 치열한 저항 정신과 새로운 형식의 시로 자유와 삶을 노래했던 그는 자신이 쓰는 시와 자신의 생활이 다르지 않아야 한다고 여겼다. 원고료나 닭을 팔아 돈이 생기면 그토록 좋아하던 하이데거의 책을 사서 읽었다는, 김수영 시인의 문학에 대한 형형한 두 눈이 떠오른다.

사실 책을 읽는다는 것이 사람의 척도를 가름하는 것은 아니지만 때로 외모는 말할 수 없이 지적으로 보이는데 생전 책 한 권 안 읽는 사람들에게서 느끼는 실망감은 크다. 허나 어느 한 구석에도 들어있을 것 같지 않은 사람에게서 철학이나 문학, 예술의 깊은 이야기가 술술 배어나올 때 나는 사는 맛을 느낀다. 어쩌면 이런 생각이 정신적 허영이나 사치, 지나친 허위의식일지 몰라도 내겐 이 세상에 든든하게 발을 딛고 서게 하는 삶의 원천이다.

요즈음 괜스레 마음이 쓸쓸하다. 하루하루가 정신없이 바쁜데 마음은 더 외롭고 허전해진다. 새삼 좋은 것도 싫은 일도 없는, 세상사 모든 게 그저 그렇게만 느껴진다. 오늘도 모임이 끝나면 모두들 K시인의 가게에 모일 것이다. 시인 박인환이 프랑스 화가 마리 로랑생의 이름을 따 마련한 〈마리서사茉莉書舍〉. 새로운 예술에 목말라 하던 문인 예술가들이 들락거리면서, 그곳은 새로운 문학에

술이 싹트는 작은 텃밭이 되었다는데…. 왠지 이런 날엔 한 잔의 호프와 시詩를 마시고, 방울 소리를 울리며 떠나간 목마와 버지니아 울프를 노래한 그 시인을 떠올리며 눈물 한 방울 찔끔거려도 괜찮을 듯싶다.

한없이 기발에
가까운 상상

알다시피 '기발奇拔하다'는 말은 사전적 의미로는 유달리 재치 있게 뛰어난 모습을 나타낸다. 그런데 기발한 상상력이라고 하는 게 사실은 내부에서 무언가가 뭉쳐져 있다가 튀어나오는 것이라고 본다면, 결국 사람의 몸과 마음속에 담겨 있던 기氣가 발發한 결정 체가 아닐까 싶다. 의식이든 무의식이든 간에 최고로 그 상태가 고 조되었을 때 인간의 상상력은 무한하고도 놀라운 모습으로 나타나 기 때문이다.

특히 예술가의 경우에는 그런 상상력이 바로 작품이라고 볼 수 있다. 그런 작품 중의 하나가 일본작가 아베 코보가 지은《모래 여 자》이다. 나는 그 작품을 읽고 한 일주일을 멍하니 지냈다. 충격과

놀람. 작품의 주제나 문학적 가치를 그만두고라도 모래 구덩이 속에서 움막을 짓고 생활하는 남녀 주인공의 기막힌 삶의 모습을 그려낸 작가의 놀랄만한 상상력 앞에서, 나는 구토를 느꼈다. 책을 다 읽고 난 뒤에도 마치 내 손엔 모래 한 줌이 놓여있는 것 같고, 온몸에 모래가 스멀거려 계속 씻어내야 할 것 같은 환상에 사로잡혔다. 그러나 아무리 씻어내도 털어지지 않는 모래들은 마치 넘을 수 없는 벽처럼 절망감을 안겼다. 기막힌 감정이입이요, 전이다.

학창 시절 읽었던 카프카의 《변신》의 벌레 괴물이 주었던 그로테스크한 충격의 느낌과는 사뭇 다르다. 존재론적 의미에서 보면 같은 맥락으로 이해될 만한 작품이지만 책을 읽은 시대와 나이가 달라서일까. 어느 날 아침에 일어나니 벌레로 변해버렸다는 작가의 상상력은 내 젊은 시절의 모든 관념들을 위축시켜 안으로, 안으로만 파묻히게 했다.

그러나 '모래'의 세계를 그린 작가는 중년의 나에게 현실을 보게 한다. 모래 구덩이 속의 끔찍한 삶을 무슨 수를 써서라도 탈출해보고자 했던 주인공이 정작 자유의 시간이 왔을 때 스스로 굴욕과 절망이라고 생각했던 모래 구덩이 속으로 들어가는 삶을 택하는 장면에서, 나는 인간의 숙명적인 비극의 그림자를 본다. 아니 허무한 고독을 잡아챈다. 젊은 시절엔 엽기적인 충격조차 신선한 파장이 될 수 있었지만, 이젠 아니다. 모래 구덩이 속의 극한 상황 설정이 우리의 삶 같기도 하고 모래라는 것이 이 시대의 허물 수 없는 벽으로 다가온다.

남자들의 경우 중년의 나이에 한 번씩 사업을 하겠다는 얘기들을 많이 한다. 그들은 더 이상 샐러리맨은 못하겠다든지 이렇게 일생은 끝마칠 수는 없다든지 하며, 자기가 설계한 욕망의 세계를 사업체라는 형태로 구상하느라 몇 년을 보낸다. 나도 그런 이야기를 하는 남편을 볼 때마다 '응. 파도가 또 밀려왔군.' 하며 얘기를 들어주곤 했다. 그런데 몇 년 전부터인가 남편의 그런 이야기가 쏙 들어갔다. 추측컨대 아마 그런 무모한 도전이나 직업의 변신이 쉽지 않다고 판단을 내린 모양이다. 안정이라는 벽을 허물고 뛰쳐나간다는 게 얼마나 힘든가를 잘 알기 때문이다. 나는 마치 그가 가족이라는 모래 구덩이 속에 스스로 찾아온 것 같은 기분이 들어 솔직히 한편으로는 안심이 되면서도 괜히 서글펐다. 가족을 먹여 살리는 것만 아니면 자기가 하고 싶은 대로 살았을 텐데 하는 안쓰러움 마저 들었다. 가족은 둘도 없이 소중하고 사랑스러운 것이지만 때론 가장의 발목을 잡는 무거운 족쇄이기도 하다.

이렇듯 예술 작품은 우리를 돌아보게 하는 힘이 있다. 가히 상상력을 초월하는 작품들을 대할 때마다 나는 신적인 경이감을 맛본다. 가우디가 설계한 스페인의 성가족 성당은 인간의 힘이 아니라 신의 영역이라 극찬을 받았다. 심지어는 가우디가 우주인이라는 말까지 떠돌았다는 말에 너무 심한 칭찬이 아닌가 싶던 나도 실물 앞에서 말을 잃었다. 보르헤스를 중심으로 한 라틴문학의 마술적 사실주의 작품들을 읽으면서는 그들의 무한한 상상력에 빠졌다. 사는 땅이 다르면 상상의 세계도 다른 것인가. 아니면 앞을 못 보았던 보르헤스였기에 유난히 상상력의 영역이 무한으로 뻗어나갔던 것일까. 하나가 닫히고 대신 그 앞에 무수히 많은 세계가 자리한다.

현대는 상상력이 고갈된 대지라고 한다. 영상이라는 매체 속에서 우리는 가상의 이미지에 맥없이 갇힌다. 그것은 우리들의 무의식에 소리 없이 들어와 인간의 무한한 상상력을 해체시켜 버린다. 상상력은 개인의 잠재된 욕망과 꿈의 또 다른 변주곡이다. 그러나 우리는 그 분출하는 욕망과 꿈마저도 가상의 이미지 속에서 이리저리 재단되는 시대에 살고, 가상과 실재의 혼돈 사이에서 우리 상상력의 싹은 무참히 잘려 나간다. 한없이 순수하고도 기발한 상상력이 그립다.

에필로그.

몇 년 전 나는 이 수필을 이렇게 끝맺었다. 그리고 2008년 여름, 지금은 '아트시네마'라는 이름으로 바뀐 옛 허리우드 극장에서 연출 당시 37세였던 데시가하라 히로시 감독의 영화 〈모래 여자〉를 보았다. 칸 영화제 심사위원 대상을 수상했던 이 영화를 단 회만 시사회를 갖는다는 홍보에 나는 더위를 무릅썼다. 영화관은 소리 소문 없이 몰려든 사람들로 가득 찼다. 줄을 서서 기다리는 그들은 마치 정보의 바다에서 조개 하나를 집어든 것 같다. 어쩌면 그들은 영화관을 나오는 순간 영롱한 진주를 발견해 낼지도 모른다.

나는 이 소설이 영화 속에서 도대체 어떻게 표현될 지 궁금했다. 소설가의 눈과 영화감독의 눈은 얼마나 다를 것인가. 그 끝없는 모래, 모래와 집, 모래와 남녀, 모래 또 모래는 인간의 상상력을 넘어 영상이라는 한정된 틀 속에서 어디로 스며 들것인지….

러닝타임 123분 동안 나는 숨을 죽였다. 그 한없이 기발한 상상력이 영상 속에서 무한히 뻗어나가는 것을 보았다. 갇혀 있으나 갇혀 있지 않은 자유로움. 그것이 가상이든 실재든 아무 이유가 없다. 나는 가상의 영상 속에서 상상의 무한한 자유로움을 충분히 느꼈다. 그 한 편의 영화를 위해 수고했을 수많은 기술 스텝들의 숨소리가 고스란히 들려온다. 소설은 화면 속에서 꽃처럼 피어난다. 순간, 나는 인간의 위대함이란 말을 써 보고 싶어졌다.

'예술과 기술의 복제 시대'에 우리는 살고 있다. 무엇이 실재이고 가상인지 이젠 구별조차 힘들 때가 많다. 허나 우리 가슴에 감동을 줄 수 있다면 그 표현 수단이야 무슨 상관이랴. 복제와 복제, 그 끝없는 복제 속에서 찬란한 빛깔의 진주를 찾아내고, 한 마리의 고래가 가슴 속에서 싱싱하게 튀어 올라 내 안의 바다를 신나게 헤엄칠 수만 있으면 그만이다.

70여 년 전 발터 벤야민은 이미 알았던가. 기술복제시대의 예술 작품들이 걸어가야 할 길이 그리 부정적이지만은 않으며, '숨결의 분위기'라는 아우라가 단지 딱 하나의 원본에만 있는 것이 아니라는 사실을….

나는 오늘, 등이 새파란 고래 한 마리를 안고 집으로 돌아왔다.

비상 飛上

잡지사에서 '나의 문학관'에 대해 써달라는 원고 청탁을 받았다. 생각해보니 내게 그런 게 있었나 싶다. 지금껏 그저 느끼는 대로 생각나는 대로 글을 써 왔다. 그러고 보면 나의 문학관이란 없다고 할 수 있다. 하지만 '없다'는 것이 '있다'는 것으로 통용될 수도 있다고 한다면, 분명 나의 글을 쓰는 행위 속엔 아직 규정되지 않았을 뿐이지 나름대로의 생각–문학관이 존재할 것이다. 비록 어설프고 엉성하겠지만 그래서 오히려 순수할 수 있을지 모른다는 위안을 갖고 찾아보기로 했다.

어떤 분야에서든 한 세계에 대한 관觀을 갖게 된다는 것은 우선은 직접적이든 간접적이든 그 세계에 오래 머물러 있어야 하고, 그

곳에서 많이 생각하며 느껴야만 가능할 것이다. 그래야만 총체적인 의미의 '觀'을 들여다 볼 수 있는 것 같다. 오래 걸어 다니다 보니 저절로 길이 생겼다는 것처럼 말이다. 처음에는 그 길이 하나도 보이지 않고 발자국조차 드러나지 않지만….

어려서 나는 일기 쓰기를 무척 싫어했다. 매일 저녁이면 남동생과 함께 할아버지 앞에서 일기를 검사받았는데, 하루도 거르지 않는 조부의 철저한 성실성 때문에 게을렀던 나는 맡아 놓고 벌을 서야 했다. 자연히 나의 일기에 대한 이미지는 좋지 못했고 글을 쓰는 일마저 흥미를 잃었다. 그건 글이란 자유롭게 써야 예술적 창조성을 기대할 수 있다는 사실을 알아서가 아니라, 강제적이고 규범적인 틀을 싫어했던 나의 천성 탓이다. 이런 이유로 글쓰기보다는 드러누워서 한가하게 책을 읽는 게 훨씬 편하고 즐거웠다. 나는 소설 속의 주인공이 된 듯이 상상의 나래를 펴고 문학의 세계에 완벽하게 감정 이입되어 행복한 나날을 보냈다.

문학이 '자기 위로'에서 시작되는 것이라면 내게는 분명 고등학교 시절에서 시작된다. 가정적으로 힘든 세월이었던 그 시절, 책을 통한 문학의 세계는 내가 도피할 수 있는 유일한 곳이었고 마음의 위안처였다. 조부의 잔소리가 없어도 스스로 대학노트에 깨알같이 내면의 소리와 정신의 갈등, 영혼의 고통 등을 쓰기 시작했으며 읽은 책들에 대해 무슨 학술논문이나 되듯이 독후감을 썼다. 그렇게 시작한 글쓰기가 지금까지 오게 되었다. 스스로의 삶을 위로하고자 시작했지만 문학이 그 보편성과 감동을 통해 다른 이들에게 인생을, 삶의 진실이 무엇인가를 생각케 하는 힘이 있다는 것을 나중에야 깨달았다.

나는 방송 극본과 수필을 동시에 쓰고 있어서인지 한 우물을 파야 잘 쓸 수 있다는 말에 대해 약간의 반감을 갖고 있다. 글이란 그 담는 그릇이 다를 뿐 본질은 같은 게 아닐까. 그 많은 형식들 속에서 자기에게 맞는 틀을 골라서 쓰면 될 것이고, 사람의 감정이란 때론 야누스처럼 동적인 것과 정적인 면이 함께 하기에 그 흐름에 따라 쓰는 게 자연스럽다고 생각한다. 수필을 쓸 때 느끼는 절제와 여운이 내 감정을 가라앉혀 준다면, 방송 극본을 쓸 때 나는 내 안에 쌓여있는 모든 감정들을 인생 드라마를 펼치는 주인공들의 연기를 통해 실컷 내뿜는다. 세상에 대한 냉철한 응시와 감정의 응축, 뜨거운 함성이 동시에 이루어지며 내 안에서 그 둘이 균형을 이룬다.

수필을 통해 본 문학의 세계에서 처음 느낀 사실은 소설가가 소설의 허구성이라는 장치 때문에 자기 작품 뒤에 숨을 수 있는데 반해, 수필가는 수필이라는 글 뒤에 숨을 수가 없다는 것이다. 수필은 허구를 잘 용인하지 않기 때문이다. 그래서 자연히 작가의 목소리와 삶의 모습, 행동이 그대로 드러난다. 그러기에 수필을 쓰다보면 고민이 생긴다. 나와 내 주변의 일들을 소재로 하는 탓에 때로 원하지도 않은 타인들의 삶이 묻어나기도 하고, 스스로를 다 드러

내 놓는 것 같아서이다. 자기 자신을 솔직하게 드러내놓는 일은 확실히 두려운 일이다. 특히 대상에 대한 묘사나 감상이 아니라, 생활 속의 이야기나 자기의 솔직한 감정의 흐름을 쓰려면 때론 용감하지 않으면 안 된다.

또한 그 어느 것보다 글과 사람이 하나여야 한다는 당위성과 부담감이 있다. 나다니엘 호손Nathaniel Hawthorne의 《큰 바위 얼굴》에서 어니스트가 마지막으로 찾아냈던 시인은 더할 나위 없이 아름답고 훌륭한 시를 썼지만, 자기는 결코 큰 바위 얼굴이 되지 못한다고 말한다. 그는 자기 시에 나오는 아름다운 언어와는 달리 그동안 너무 형편없는 생활을 했기 때문이라면서 쓸쓸히 사라진다. 큰 바위 얼굴이 되기에 그 시인은 글과 사람이 같지 못했다.

이처럼 문학 속에서 수필의 바탕 그림은 결국 작가의 인격이 밑그림으로 있어야 바로 설 수 있고 감동이 배어나올 수 있는 것 같다. 처음엔 글재주일지 모르나 나중엔 글이 곧 사람이어야 한다는 생각이 든다. 글이 좋은데 사람이 형편없으면 일순간에 '이거 가짜구나' 하는 생각을 지울 수 없다. 반면 글이 좀 투박하긴 해도 작가의 인품이 높으면 그 진정성이 느껴져 다시 보게 된다.

그럼에도 불구하고 글을 쓸 때마다 갈등이 없는 건 아니다. 작품 그 자체만을 생각할 때는 글의 완성도를 위해 가필하고 싶은 충동을 느끼기도 하고, 화려한 조어造語에 대한 유혹도 더러 느낀다. 그러나 분명한 것은 확실히 머리로 쓴 현란하거나 지적으로 보이는 글보다는 내가 온전히 가슴으로 느껴서 쓴 투박한 수필이 독자들에게 더 감동을 주는 일이 많다는 사실에 어떻게 써야 하나 방황할 때도 있다.

문학이란 '날 것'에 가까운 일기나 다큐멘터리와 달리 사람의 삶에 아름다움을 주어야 하고, 어떤 형태로든 미학적인 카테고리를 벗어나지 않아야 한다는 보이지 않는 무언의 압박도 피하긴 어렵다. 그럴 때마다 형식에 얽매이지 않고 제 마음대로 마구 쓰고 싶다는 거친 감정이 불쑥 튀어나오지만 이내 마음을 가라앉히고 그 알 수 없는 대상을 다시 들여다본다. 그것은 사람과 사람이 사는 세상을 그리는 일이다. 그러니 사람을 떠나 존재할 수 없으며, 비록 내가 우주속의 한 점에 불과한 티끌 같은 존재일지라도 문학의 세계에 있는 한 그 의미는 무한하게 확대될 수 있다고 생각한다.

나는 아직 문학의 세계에 대한 관觀을 말할 수 없다. 다만 주어진 시간 동안 이 투박한 두 손으로 오감을 통해 얻는 모든 것들을 나만의 언어로 성실하게, 신선한 고기를 얻기 위해 시간을 기다리는 날카로운 매의 눈으로 이 세상을 들여다보며, 투명한 피부 속의 미세한 혈관들처럼 섬세하게, 때론 살아있다는 사실을 생생하게 상기시켜 주는 심장의 뜨거운 박동 소리처럼 그곳을 향해 힘차게 날개를 펼치면서, 그렇게 쓰고 싶다.

그곳에 가면 그리운 사람들이 있을까

어머니의 등 뒤론 하얀 눈이 내리고, 거센 바람이 불고,

때론 천둥 번개도 요란하게 쳐댔습니다.

그런 풍경은 그림으로 그릴 수 없습니다.

세상엔 그릴 수 없는 그림도 있는 모양입니다.

하지만 세 명의 아이들은 그 그림을 기억 속에서 절대 지우지 못할 것입니다.

그것은 불도장입니다. 어머니가 이 세상에 남기신 마지막 울음입니다.

어머니의 밥상

분탕국을 입 안에 한 숟가락 넣는 순간 눈시울이 뜨거워졌다. 목으로 국물을 삼키고, 내 마음도 마구 삼킨다. 몸 어딘가에서 개키는 소리가 들리고, 내 코 망울은 결국 빨개진다. 아, 이러면 안 되는데…, 비가 내리는 탓이다. 비가 많은 계절이니까, 몸이 피곤하니까, 음악이 구슬프니까. 그냥 그것뿐, 별 거 아니다.

한번 흐릿해진 머릿속은 쉽게 개지 않는다. 숟가락을 놓고 텔레비전을 켰지만, 소리만 윙윙거리며 들어온다. 내 머릿속을 마비시키는 이런 감정들 앞에서 나는 아직도 변변치 못하게 당황하고 울렁댄다. 리모컨으로 텔레비전을 끈다. 이럴 땐 내 마음도 잠시 음소거를 작동할 수 있었으면….

신경숙의《어머니를 부탁해》란 책을 사 놓고 2년이 넘게 들춰보지 못했다. 책장을 넘기는 순간 내 손가락에 지난 세월들이 달라붙어 내 감정을, 내 눈물 선을 자극할까봐, 아니 그 무엇보다 그 밑바닥까지 가야 하는 고통을 다시 만지작거릴 자신이 없어서…. 나는 이제 담담해지고 싶다. 세상에 태어난 이상 누구에게나 부모가 있고 이별은 살아남은 자의 온전한 몫이다, 라며 묵묵히 걷고 싶다. 지나칠 만큼 냉정해져야 살아나갈 힘이 생길지 모른다. 자기에게 소중한 것을 잃어버린 사람은 안다. 그것도 기가 막히게 놓쳐버렸다면, 그의 가슴은 차마 들여다 볼 수 없다. 산들거리는 한 줄기의 바람으로도 마구 파헤쳐진 그곳을 건드리면 안 된다. 어떤 이에게는 향기로운 바람이 그에게는 독한 최루탄이다. 근육이 조금 긴장된 채로 그동안 일부러 내팽개쳤던 책을 읽었다. 작가의 소설 뒷이야기가 소설의 비감한 분위기를 행복하게 제치고 있었다. 책장을 말없이 덮었다.

나는 몸이 아프거나 사는 일이 힘들어지면 어머니의 음식들이 생각난다. 몸이 으슬으슬해지면 양지나 아롱사태 소고기에다 큰대파 대여섯 개를 자르지 않고 그저 손으로 툭 반으로 접어 넣고, 마늘은 큰 숟가락으로 듬뿍 넣어 끓인다. 한 소끔 끓으면 물에 잠깐 불린 당면을 넣고 다시 끓인다. 우리는 그것을 '분탕국'이라 부르고, 그릇에다 당면을 잔치국수처럼 넣고 뜨끈한 소고기국물과 함께 먹는다. 그렇게 땀을 내며 먹으면 대개는 아프지 않고 넘어간다. 이 음식이 어머니에게 속한 남쪽의 음식인지, 아버지에게 속한 이북의 음식인지 정체가 불분명하지만 그야말로 나에게는 훌륭한 예방 음식이다.

비가 오는 날엔 어머니는 부추에다 조갯살, 계란을 넣은 단순한 내용의 부침개를 스무 장씩 부쳐서 채반에 얹어 놓으셨다. 우리는 들락날락하면서 그 노적가리처럼 쌓인 부침개를 게 눈 감추듯 부지런히 한 장씩 두 장씩 해치웠다. 한창 자라나는 세 아이의 입은 그리 무서웠다. 밖에서 내리는 비의 큼큼한 냄새와 부침개의 나웃한 기름기가 입안에 가득 고였었다. 넉넉지 않은 살림이었지만 솜씨 좋은 어머니에겐 짐이기보다는 그게 행복이 아니었을까, 하는 생각이 들곤 했다. 비가 오는 날 나도 어머니처럼 부침개를 부칠 때면….

나뿐만 아니라 모든 식구들은 '할머니' 하면 자기에게 가장 인상적이었던 음식을 하나씩 기억해낸다. 온 식구들을 불러다 먹이려고 쟁반에다 수없이 만들어 놓던 유부초밥. 세상의 어느 것과도 비슷하지 않은, 입에 짝 달라붙던 곱창전골의 독창적인 국물과 시원하고 깔끔하게 끓이는 동태찌개. 특히 차례 상에 오르는 음식 중에 무와 콩나물을 슴슴하게 함께 넣어 만든 나물−겨울철에 살캉 얼려 먹을 때의 그 시원한 국물 맛은 말이 부족하고, 차례를 다 드리고 나서 늘 무슨 치레마냥 먹었던 비빔밥의 주재료인 '할머니표

고사리 나물'과 함경도식 열무 국물김치를 곁들인 김치말이 국수는 그야말로 대를 이은 어머니의 대표 음식이었다. 어느 날 5대 종손 외아들 더 먹으려고 집에 왔다 돌아가는 사위들에게 넉넉히 퍼주지 못했던 그 문제의 열무 국물김치. 그 다음부터 넉넉하게 준비하셨지만 어머니는 당신을 놀려대는 사위들의 눈치를 내내 보셨고, 우리는 매번 한껏 웃었다.

어머니는 평생 멋지게 적혀진 레시피 한 장이 없었지만, 음식에 대한 촉을 타고나셨다. "얼마 넣어?" 하고 물어보면 "대충" 하셨다. 도대체 그 대충은 절대 대충이 아니다. 하지만 노인이 되면서부터 간이 자꾸 짜지고 달아져서 자식들이 뭐라 한 마디 하면 언짢으셔서 들은 척도 안하셨다. 어머니에게 음식은 자존심이자 특기였으며, 자기만의 고유한 예술세계였다.

이게 모두 어머니의 밥상이었다.

참으로 비가 많은 계절이다. 그래서 턱없이 그리운 거다.

골목길로 걸어가면

길가의 큰 건물들 뒤로 걸어보면 외적으로 행인들을 압도하는 건물의 위용과는 또 다른 분위기가 있다. 사람들이 일하다가 잠시 밖에 나와 담배 한 대를 피우며 숨을 돌리려는지 모르지만, 왠지 이런 모습을 볼 때마다 도시의 쓸쓸한 뒷모습이 더 깊게 느껴진다. 요즈음 실내에서 담배를 피우는 것은 거의 범죄자 수준으로까지 격리되어 있는 상태라, 그들에겐 이 뒷골목이 참으로 적절한 장소일지도 모른다. 허나 따뜻한 봄날이나 선선한 가을에는 몰라도 추운 겨울이나 여름엔 고역일 것 같은 데도, 끽연가들의 담배에 대한 집착은 그깟 게 대수로 느껴지지 않는 모양이다.

뒷골목으로 걸어가면 또 다른 세상이 보인다. 멍하니 하늘을 쳐다보며 서 있는 샐러리맨을 보면 괜히 감상적인 연민마저 들고, 삼삼오오 모여 머리를 맞대고 이야기하는 모습을 보면 회사의 미래를 위한 토론인지 아니면 상사한테 야단을 맞아 성토대회라도 하는지 재미있는 상상을 하게 된다. 뒷골목의 후락함이 그들을 오히려 더 편하게 만들고, 힘든 삶에서 숨을 자리를 내어주는 지도 모른다. 저 앞으로 나아가면 이 경쟁사회에서 끝없이 부딪쳐야 하는 큰 빌딩 앞의 대로大路가 있고, 속도를 올리며 내달리는 차들이 질주하고 있다. 그 빌딩 숲 한가운데에 서기만 해도 아찔해지는 기분을 떨칠 수 없을 것만 같다.

시청역 전철에서 내리면 사방으로 길이 뻗어 있다. 덕수궁 돌담길은 여전히 연인들에게 함께 걸어도 좋은 길이고, 그 끝에는 전통의 냄새가 물씬한 정동교회와 극장, 시립미술관이 문화 예술의 터전으로 뚝심을 발휘하고 있다. 시의회 길을 끼고 돌면 한 편의 시 같은 노래 '광화문 연가'에 나오는 조그만 교회당이 살포시 길을 지나 앉아 있고, 더 나아가면 광화문 대로를 지나 음악당과 삼청동과 북촌, 성북동의 길들이 기다린다. 한 2년간 이 근처에서 공부를 하느라 나는 이런 골목길들과 제법 친숙하게 지냈다.

나는 어느 길을 가든 매일 똑같은 길로 다니는 것을 싫어한다. 똑같은 길이라도 그 날의 기분에 따라 코스를 바꿔가는 게 좋다. 왠지 머릿속이 변화가 생기고 정신의 환기가 이루어진다. 누군가 그곳에 가려면 그 길이 가장 빠르고 좋은데 왜 그러냐고 하지만,

나는 어떻게 지루하게 매일 같은 길을 가느냐고 되묻는다. 길 하나 고르는데도 자기의 성격대로인가 보다. 뭐 그날이 그날이고 한결같은 마음이 좋은 거야 다 아는 바이지만 사람마다 느끼는 감정의 촉수가 다르고, 또 사람이란 게 시시때때로 감정이 변하는 동물이니 말이다. 나에겐 한결같다는 말이 때론 획일적으로 느껴져 가슴이 갑갑해 지기도 한다.

그래서 종로의 피맛골이 없어진 게 더없이 아쉽다. 600년의 역사를 가진 그 뒷골목이 거리 재정비라는 명목으로 바람처럼 사라져 버렸다. 이제 그 피맛골 골목이 있던 거리에는 기다란 영어 이름으로 지어진 건물들이 들어서고 일률적인 간판과 서양식 음식점들만 가득하다. 게다가 무슨 중국 거리도 아닌데 정체불명의 검붉은 대문을 만들어 놓고 그 위에 '피맛골'이라는 명패를 척 하니 걸어 놓은 것을 보고, 나는 실소를 하다못해 온 몸에서 열이 났다. 보이지 않는 우리의 문화와 아름다운 역사의 풍경이 괴물의 입안으로 단숨에 삼켜져 버린 느낌이 들었다.

그곳은 억지로 만든 간판 아래 일렬로 늘어선 낯선 가게가 아니라, 뒷골목마다 사람들의 냄새와 삶이 켜켜이 덕지덕지 묻어있고 울퉁불퉁하게 다가오던 정겨움이 그득하던 모습이었다. 고등어나 삼치를 굽는 생선 냄새가 거리에 안개처럼 자욱했었고, 사람들은 어깨를 부딪치며 걸어 다녔다. 그래도 누구하나 불평하지 않고 그 길 안에서 행복한 모습을 보였었다. 우리가 오랫동안 보아오고 가슴에 묻어둔 피맛골은 그렇게 뒷골목 속에 보석처럼 숨어 있었다.

모로코의 그 좁고 긴 골목들. 사람과 노새가 비좁은 길을 사이좋게 함께 다니는 그 길, 지도로도 도저히 그려낼 수 없다는 그 골목길을 관광객들은 일부러 찾아간다. 화려하지도 멋지지도 않고 냄새가 나고 불편한 그 길을 사람들은 시간을 내고 돈을 들여서 찾아간다. 그들은 그곳에서 무엇을 보고 싶었던가. 10년 전 나는 그곳에서 시간의 역사성을, 유한한 인간에게서 무한한 삶의 영속성을 보았다. 골목길 사이마다 사람의 냄새가, 시간의 흔적이 마구 흘러다니고 있었다.

600년의 삶의 역사가 콘크리트 아래에 묻혀버렸다. 물론 나름대로 저간의 사정과 경제적인 정당한 이유야 있겠지만, 어디 우리네 삶이 눈앞의 경제적인 이득만으로 다 설명될 수 있으랴. 나중에 혹여 땅을 치고 후회하여 그 아름다운 골목길을 되찾으려 발버둥치고, 아무리 비슷하게 되살려내고자 한들 어찌 그 정취를 살려낼 것인지….

우리는 너무 화려하고 아름답게 앞 골목만 포장하려 든다. 뒷골목엔 낡고 가난하지만 삶의 도란도란한 이야기가 낮게 그들만의 재미난 이야기를 속삭이고 있는데 말이다.

두 개의 시선

이상한 버릇이 생겼다. 아침에 눈을 뜨면 제일 먼저 텔레비전을 켜고 뉴스 캐스터의 긴박한 목소리가 들리나 안 들리나부터 살핀다. 텔레비전 화면에 아침 드라마나 그저 평범한 프로그램이 방영되고 있으면 갑자기 기분이 평안해지고 안도의 한숨이 나온다. 밤에 화장실에 가다가도 몇 번씩 리모컨을 집어 든다. 화면이 나오는 그 찰나의 순간에도 내 가슴은 새가슴이 된다. 24시간 생중계를 안하는 것을 확인하고서야 잠자리에 다시 든다. 그러기를 두 달 정도 했다.

옆에서 사람들이 말하는 이런 저런 정치적 이유로 이 땅에서 절대 전쟁은 나지 않으리라는 것을, 나도 안다. 때론 그들의 확신에 마구 고개를 끄덕여주고 싶어진다. 그래야 내 마음이 숨을 쉴 수 있고 가슴이 까매지지 않기 때문이다. 그게 정답이라고 억지로 붙들어 매고도 싶다. 그런데도 가슴은 여린 새처럼 쿵쾅거리기 일쑤다. 당장 어떻게라도 해서 이 땅에 '평화'라는 보증서를 하나 받아, 절대 열 수 없는 금고 속에 넣어두고 싶다. '연평도…'란 말만 들어도 내 머리는 순식간에 저 하늘 끝까지 곤두선다. 신경쇠약의 시초는 아마 이렇게 단순한 것에서부터 시작되는 것인지도 모른다.

여자라는 이유로 나는 군 입대를 면제 받았다. 그래서 남자들의 불안과 고통을 짐작할 수 없다. 더욱이 동병상련의 느낌이나 동지애 같은 감정을 갖기란 쉽지 않다. 두 아이가 군대에 입대할 때 남편은 평소처럼 무덤덤하질 못했다. 더욱이 100년 만에 폭설이 내린 날 입영하는 막내아들을 두고 와선 어울리지 않게 코맹맹이를 하며 잠자리에 들었다. 돌아누운 그의 어깨가 조금 들썩이는 것 같기도 했다. 그래, 한없이 어리고 철없는 막내니까…, 라고 중얼거리며 나는 소화제를 한 봉지 털어 입에 넣었었다.

예술의 전당에서 열린 피아노 독주회에 갔다. 콘서트홀이 입추의 여지없이 가득 차고, 2,000여 명의 관객들이 한 사람의 피아노 연주를 듣기 위해 숨을 죽이고 바라보았다. 2시간 30분의 긴 연주가 끝나자 관객들은 감동에 빠져 모두들 일어나 박수를 쳤다. 천재라 불리는 이 시대의 젊은 피아니스트 김선욱. 군에 있는 아들과 엇비슷한 나이이다.

그날 저녁, 나는 예술의 위대함을 맛보았다. 그 순간의 희열에 몸을 떨었고 삶 전체가 생동감에 넘치는 듯 했다. 그 어느 공연보다 마음에 절절하게 다가왔고 고마운 마음이 가득했다. 잠시 세상의 소란함을 잊었다.

그리고는 집으로 돌아오자마자 텔레비전을 켜고 연평도가 담긴 화면을 숨을 죽이고 바라보았다. 그 화면 위로 탱크 속에서 추위에 떨며 밤을 지새우며 5분 대기조로 기다리는 막내아들과 연평도에 해병대로 간 아들 때문에 밤새 가슴을 졸이는 내 친구의 얼굴이 스쳐지나갔다.

두 개의 시선.

나는 이 두 개의 시선 사이에 놓인 거리를 생각하며 마음이 덜컹거렸다. 만약 우리에게 평화가 사라진다면 이 거리는 점점 더 멀어지고 커질 것이다. 자칫 잃을 수도 있다는 불안을 처음으로 실감나게 느꼈다. '평화'라는 낱말이 그토록 소중한 것인 줄 예전엔 미처 못 느꼈다.

매일 밤 우리나라에서 제일로 춥다는 철원에서 복무하는 막내아들을 위해, 두 동강 나 아직도 이런 고통과 불안을 겪어야 하는 이 나라를 위해, 지구 땅 어느 구석에 우리와 같은 처지의 사람들을 위해, 나는 마음을 낮추고 기도했다.

그저 한 마디.

"모두들 무사하게 하소서."

그 여름의 별사 別辭

여름이 지나가고 있습니다. 그 지나가는 자리엔 어지러움의 흔적이 흥건히 남아있습니다. 어지러우니 그대가 돌고, 사람들이 돌고, 세상이 돌고, 이 우주마저 빙빙 돌아갑니다. 그래서인지 바로 서 있기가 힘듭니다. 팔다리는 이미 맥이 빠져 흐느적댑니다. 습기로 가득 찬 서울의 한 여름 속에서 그대는 뜨거운 열기가 필요하다고 느낍니다만, 그저 물기 가득 머금은 침상 위에 누워 저 먼 우주 속의 인연들을 생각합니다.

인연들, 그 인연을 위한 만남
맨 처음 그곳에서 눈에 보이지도 않는 티끌 같은 씨앗으로, 아니

어두운 혼돈 속에서 한 줄기 빛을 향해 무작정 달려왔던 그 원시적인 태초를 생각합니다. 두 사람의 몸을 빌어 이 세상에 나온 그대는 처음엔 몰랐습니다. 인생의 길가에 줄지어 서 있는 선물들이 무엇인지, 그 선물 상자를 여는 순간 무엇이 나올지 그대는 차마 짐작도 못했습니다.

한국 전쟁 중 북에서 홀로 내려와 사는 게 외로웠던 젊은 나이의 아버지는 첫 딸을 낳자 '경성의 은혜'라며 이름을 지어주었습니다. 가족이 없어 외로웠던 아버지에겐 그것은 가족이 주는 첫 기쁨이었을 것입니다. 그래서 그대는 그때부터 그 이름, 그 이미지로 이 세상에서 움직이기 시작합니다. 누군가 좋은 이름을 가져다주어도 아버지의 마음을 버릴 수 없어 그 이름을 그냥 쓰기로 합니다. 오랜 뒤에 마음이란 그런 것인데…, 하면서 넘어가는 해를 쓸쓸히 바라보곤 했습니다.

어려서 몸이 약했던 그대는 항상 세상 밖에서 서성댔습니다. 세상의 한가운데로 나오지 못하고 주변부에서 머물던 그대는 뭐 하나 시원한 구석이 없는 아이였습니다. 남보다 잘 하는 게 하나도 없는 그저 그런 얼치기 같은 느낌을 가지고 산다는 것은, 참으로 사람으로 하여금 열등감을 갖게 합니다. 무언가 할 게 없어 두 눈만 껌벅이며 세상을 바라봤습니다. 세상은 그토록 자신감에 가득차 있는데 말입니다.

어느 날, 그대의 아버지가 학교로 찾아와 떠나야겠다고 말하곤 돌아섭니다. 그 총총히, 하지만 조금은 무겁게 느껴지던 아버지의 발자국 위로 35년의 세월이 뚜벅뚜벅 걸어가 버립니다. 함께 산 추억이 없으면 가족이 아니라면서도 그대는 잃어버린 한 조각을 내내 그리워하며, 그 긴 시간들을 어머니와 함께 가슴으로 삽니다. 눈이 시리고, 발이 시리고, 삶이 온통 시려 언제나 추웠습니다. 구멍이 숭숭 난 벽돌집은 아무리 막아도 왜 그렇게 추운지, 그대의 작은 손으로는 그 바람이 영 막아지질 않았습니다.

어머니의 등 뒤론 하얀 눈이 내리고, 거센 바람이 불고, 때론 천둥 번개도 요란하게 쳐댔습니다. 그런 풍경은 그림으로 그릴 수 없습니다. 세상엔 그릴 수 없는 그림도 있는 모양입니다. 하지만 세 명의 아이들은 그 그림을 기억 속에서 절대 지우지 못할 것입니다. 그것은 불도장입니다. 어머니가 이 세상에 남기신 마지막 울음입니다.

그 허공을 가르는 어머니의 목소리가 아침마다 쟁쟁하게 들려옵니다. 499-1596. 전화기의 그 번호를 누르면 금방이라도 약간은 성질 있고 퉁명스럽기도 하고, 세상이 온통 심심한 목소리로 "뭐 하냐?"며 채근하는 목소리가 튀어나올 것 같습니다. 바쁜 딸이라고 자랑스러워하면서도 "집안일은 어쩌고, 애들 밥은 어떻게 하냐."며 잔소리를 열두 가락이나 하시다가는, 맨 마지막엔 세상에서 네 몸 건사가 제일이라며 뭐든 먹고 다니라는 말을 덤으로 얹어주시던 어머니의 목소리. 약간은 지겨워하던 그 지칠 줄 모르는 끈

질긴 잔소리를, 그대 이제 어디 가서 들으시렵니까.

인연들과의 이별

이별은 소리 없이 다가옵니다. 아마 이별은 제 혼자서 준비를 해온 모양입니다. 하지만 아무리 미리 준비를 해도 이별은 갑작스러운 일이고, 가슴을 북으로 치는 허둥거림인가 봅니다.

3년 전부터 마음속으로 준비해 온 아버지의 병. 그 와중에 지난 겨울 6개월 남았다고 전해주는 어머니의 병 앞에서 그대는 허둥댔고, 기막혀서 잠을 못 이루는 밤이 이어졌고, 시시각각 병마가 잡고 있는 두 분의 삶 앞에서 가슴은 가라앉질 않았습니다. 이러다 심장이 놀라 지레 어찌될 것 같다며 주위에선 걱정을 했지만, 사실 그것은 살아남을 자들의 미래를 위한 말일 뿐입니다.

살면서 그토록 인연이 안 닿았던 두 분은 폐암이라는 같은 병명으로 마치 세상에서 제일 금실 좋은 부부 흉내를 내었습니다. 아니 그것도 모자랐나봅니다. 올 2월 27일 아버지가 먼저 먼 길 떠나시고, 7월 8일 어머니는 그 아버지를 못 잊어 뒤따르십니다. 그 금쪽같다던 세 자식을 고스란히 남겨두고, 당신의 첫사랑이자 마지막 사랑을 따라 홀홀히 떠나십니다. 말로는 뭐라 해도 그 대책 없이 일편단심이던 어머니를 그대는 참 미련한 사랑이라고 화를 낸 적도 많았습니다. 딸보다는 같은 여자로서 참을 수 없어 소리를 지르기도 했습니다. 그대의 세상을 향한 분노, 슬픔, 굴욕, 애증, 열정

등속은 다 그런 속에서 나온 것인지도 모릅니다.

하지만 이제 그게 다 무슨 소용입니까. 세상은 모두 비어있습니다. 너무나 적막하고 조용하게 송두리째 비어있습니다. 그대의 가슴은 텅 비어 아무 소리도 들리지 않습니다. 지금, 그대는 원시의 광막한 벌판 위에 홀로 서 있습니다. 어디로 나아가야 할지, 무엇을 향해 걸어 나가야 할지 아무 것도 눈에 들어오지 않습니다. 허기지고 어지럽습니다. 벌판의 나무라도 하나 잡고 기대고 싶습니다. 한 해에 부모를 다 잃은 그대는 잠시 이 세상에 갇힌 수인囚人이 됩니다.

이별 그 후

이제 여름은 가고, 매주 토요일마다 온양의 절로 내려가는 어머니의 49재도 끝나갑니다. 계절은 분명 바뀔 것입니다. 낙엽 지는 가을이 오고, 눈 내리는 겨울도 올 것입니다. 그러면 그대도 사람인지라 조금씩 잊어갈 것입니다.

기도 중에 이런 생각이 들었습니다.

"니들이 황당하고 가슴 아픈 게 아니라, 이 에미가 황당하고 기막히다.

어쩌다 내가 이 하늘나라에 와 있는지 모르겠다니까 참…."

어머니의 농담은 농담이 아닙니다.

그대는 아직도 이 모든 일들을 믿을 수 없습니다. 아무 일도 없었다는 듯 세상은 여전히 움직이고 있습니다.

　가을이 흘러 들어오는 소리가 들립니다. 이 편지를 읽을 무렵엔 자리에서 일어나 가을 숲속을 산책하는 그대의 모습을 볼 수 있으면 좋겠습니다.

두 아들을
위한 랩소디

친구들이 붙여준 별명이 하나 있다. '큰아들 스토커'라는 약간 으스스한 별명인데, 나와 큰아들과의 관계를 한마디로 표현한 대목이다. 사실 우스개로 한 말이지만 그들이 보기에 내가 어지간했던 모양이다. 열 손가락 깨물어 안 아픈 손가락 없다지만 이상스레 큰아들한테는 유난을 많이 떨었다. 아이를 가질 때부터 남들과 달리 힘들게 가져서인가 보다. 두 번의 실패 끝에 열 달을 살얼음 걷듯 조심하여 낳았는데, 태교는커녕 이번에는 괜찮을까 하고 조바심을 쳐서인지 아이 성격도 그런 면이 많다. 그러니 자연 뒷손질이 많이 가고 신경이 쓰였다. 그게 버릇이 되어 큰아이는 자의 반 타의 반으로 마마보이 대열에 끼고 말았다.

고등학교 때에 교내 힙합가수였던 아들아이의 콘서트를 10여 차례 쫓아다니며 환호를 지르기도 하고, 재수할 때는 거의 반은 어미가 재수한 셈이었고, 스페인어과에 붙은 뒤에는 대학 국제어학원에 등록해 그해 겨울 두 달을 같이 배우러 다녔다. 친구들이 그 어미가 대단한 게 아니라 군소리 없이 같이 다녀 준 아들아이가 더 대단한 거라고 옆구리를 찔러댔다.

큰아들은 뭐든지 나에게 '처음'이라는 새로운 세계를 열어 주고, 작은 아들은 그저 그 뒤를 따라가다 보니 자연히 형에게 치인다. 두 아이의 성격도 참 다르다. 큰아들은 시험 때에 자기가 공부한 것을 물어보라고 나를 귀찮게 구는 반면, 작은 아들은 좀 가르쳐 주려고 하면 자기가 다 알아서 한다고 질색을 한다. 하나는 고목나무에 찰싹 붙은 매미요, 다른 하나는 완전히 따로 국밥이다.

책과 드라마를 통해서 아들이 둘일 경우 그 부모의 편애로 인해 벌어지는 많은 갈등과 그 위험한 결말을 보았다. 때론 책을 읽으면서 그 부모들의 무지함과 집착에 화가 나기도 하고 가슴이 조이기도 했다. 영화 〈에덴의 동쪽〉에서 아버지에게 사랑받지 못하는 제임스 딘의 그 절망적이고 우울한 얼굴. 나는 지금도 그 불안에 떠는 눈동자를 잊지 못한다. 사랑받지 못한다는 게 얼마나 한 인간을 고통의 나락으로 떨어뜨리는지, 세상의 무엇이라도 들고 가 사랑을 얻고 싶어 하는 그런 간절하고 애달픔에 마음이 아렸었다.

사람이 태어나 제일 먼저 사랑을 받고 싶어 하는 대상이 부모라면, 나는 지금 한참이나 길을 잘못 들어선 것이다. 다행히 둘 사이가 좋고 작은 아들이 '형이니까' 하고 내색 없이 넘어가 주어 별탈은 없었지만 마음 한 구석이 좀 그랬다. 상대적으로 남편이 잘챙겨 그럭저럭 균형은 이루었지만, 만약 우리 집을 영화 한 편으로찍는다면 아슬아슬한 장면이 많았을 것이다. 이런 이유로 큰아들은 원래부터 그랬지만 작은 아들도 미안한 마음에 어지간하면 말을 다 받아주게 되었다. 어쩔 수 없이 나의 교육관은 무조건적인사랑으로 잘 포장되었다.

내 어린 기억 속 어머니는 늘 엄하고 무서우셨다. 자식의 말에일일이 대꾸하거나 요구를 들어주는 일은 드물었다. 혼자서 아이들 셋을 키우는 게 힘들기도 했지만 무엇보다도 남에게 올바른 아이로 보여야 한다는 생각이 크셨던 것 같다. 사실 나는 어머니의그런 마음을 어렴풋이 느끼긴 했어도 그보다는 따뜻한 어머니가더 그리웠다. 고백하건대 부드럽고 상냥한 어머니를 가진 친구들이 부러워 어머니를 바꿀 수 있다면, 하는 기막힌 상상도 했었다.

'사근사근한 목소리로, 말을 하면 고개를 끄덕이며 다 들어 주시는, 언제나 미소를 띠고 웃어주시는….' 이런 유치한 생각이 어린 시절 갖고 있던 어머니의 이미지였다. 어머니라면 그래야 했다. 하지만 나의 어머니는 경상도 분이셨고, 목소리도 딱 경상도 식이었다. 툭툭한 말투 속에 아무리 깊은 정이 담겨 있어도 어린 내가그 속내를 알기란 힘에 겨웠다. '자식 겉으로 낳지 속으로 낳느냐'

는 말이 딱 맞게 나는 자식으로서 괘씸하고 못된 생각들로 밤을 지새운 일도 많았다.

　나의 아이들엔 대한 무조건적인 태도는 이런 동기도 있는 셈이라고 하면 너무 자기 위안일까. 교육관이 엄격한 분들이 보면 한 소리 하겠지만, 지금도 나는 아이들이 "자기는 크면서 부모와 가족의 사랑을 실컷 받았다."고 느끼는 게 제일 중요하다고 생각한다. 사랑에 대한 충족감은 세상을 살면서 겪어야 할 고통, 열등의식, 외로움 같은 것들을 이겨낼 힘을 주기 때문이다.

　큰아들이 며칠 전 군대에 갔다. 옆에서 큰 아들 보내고 어떡하느냐고들 한다. 그런데 이상하게 뭐 별로 눈물도 안 나오고 담담했다. 군대라는 인생의 긴 터널을 지나 세상으로 다시 나오기를 바라서기도 했지만, 할 만큼 했으니 좀 떨어져 지내도 좋겠다는 마음이 내 안에 있었나보다. 큰아이는 이런 어미의 마음을 눈치 챘는지 몇 번의 전화에 자기가 그립지 않은 것 같다며 서운한 마음을 슬쩍 비쳤다. 아, 어쩌랴. 사랑은 아무리 주어도 모자라는 것을….

　하지만 나는 이번에야말로 고개를 돌리기로 작정했다. 드디어 그동안 형의 그림자 속에서 옅어진 막내아들에게 오롯이 정을 쏟을 시간이 주어졌다. 이참에 형만이 아니라 자기도 이 어미가 무진장 사랑한다는 것을 듬뿍 보여주리라.

피아노를
위한 변명

　피아노 하면 제일 먼저 떠오르는 것이 무엇일까. 베토벤, 흑과
백, 백옥 같은 손가락, 부잣집 소녀, 피나는 연습, '젓가락 행진곡'
과 '엘리제를 위하여' 정도일 것 같다. 그 중 '젓가락 행진곡'은
피아노를 처음 대하는 사람도 쉽게 칠 수 있는 곡인데, 특히 연인
끼리 나란히 앉아 두 손가락으로 건반을 두드리며 즐거워하는 모
습은 언제 보아도 아름다운 영화 속의 한 장면이다.

　나에게 피아노는 특별한 의미가 있다. 중학교 2학년 때인가 오
일 쇼크로 섬유업을 하던 아버지 사업이 어려워지자, 부모님은 누
군가에게 빚 대신으로 피아노를 주어야겠다고 하셨다. 내가 자는
줄 알고 한숨 섞인 말을 나누던 부모님에게 들키지 않으려고 나는

이불을 뒤집어쓰고 밤새 소리죽여 울었다. 뭐가 그리도 슬펐던지, 아마 피아노의 소멸과 함께 우리 집안도 점점 사그라져 간다는 아픔, 아니면 이제부터 펼쳐질 집안의 어려운 기미를 어렴풋이 느껴서일지 모른다.

그래서 결혼 후 제일 먼저 3년간 적금을 들어서 피아노를 장만했다. 그때의 흐뭇함이란 어느 명연주가도 부자도 부럽지 않았다. 아이들이 크면 피아노를 꼭 가르쳐서 집안 음악회라도 열어야지 했다. 그러나 아들 둘은 끝내 어미의 소박한 꿈을 이루어주질 않았고, 결국 어렵게 장만한 피아노는 방 한 구석을 장식하는 장식품이 되고 말았다.

그런 우리 집의 피아노가 지난 여름 도마 위에 올랐다. 그동안 재건축에 걸려 이러지도 저러지도 못하고 대충 꾸리고 살았는데, 목욕탕 배관이 오래 되어 누수가 된 모양이다. 장판을 들춰보니 곰팡이가 잔뜩 피었다. 막내 아이가 그 방에서 잤었는데, 그래서 비염 알레르기가 영 낫질 않았던 모양이다. 속이 상한 마음과 미안한 마음이 교차하면서 순식간에 온 집안을 뒤엎는 리모델링 공사가 시작되었다.

떡본 김에 제사 지낸다고 나는 이 김에 집안 전체의 짐을 가볍게 하기로 마음먹었다. 사람 사는데 너무 많은 걸 지니고 산다며, 책이니 가구니, 그릇들을 모두 모아 이웃에 주고 나머지는 과감히 정리하였다. 문제는 피아노였다. 물어보니 집집마다 피아노가 치우고 싶은 애물단지 1순위였다. 나도 당장 피아노만 없으면 공간이 훨씬 넓어질 것 같은 마음이 들었다.

피아노 중고판매소에 전화를 걸어 반쯤 흥정을 마쳤다. 그런데 그 다음 날 이제 군대에 간지 한 달 정도 된 큰아들 아이한테 편지가 왔다. 편지를 받는 순간 눈물이 울컥하면서 "아냐. 피아노는 절대로 못 팔아. 내가 미쳤지. 아들이 군대 간 사이에 덜컥 팔아버릴 생각을 하다니…." 피아노를 파는 게 아니라 마치 아들을 파는 기분마저 들었다. 다시 전화를 걸어 못 팔겠다고 했다. 마음이 훨씬 편해졌다. 사실 큰아들이 군대에 가면서 자기가 결혼하면 가지고 갈 거니까 절대 팔지 말라고 했었다.

그렇게 해서 피아노는 다시 책장 방 한 쪽을 차지하고 들어섰다. 좁긴 하지만 피아노를 볼 때마다 안 팔기 잘 했지 하는 마음이 들어 흡족했다. 그런데 얼마 뒤, 책방에 들어서니 퀴퀴한 냄새가 났다. 이상해서 피아노 밑의 장판에 손을 대보니 약간 축축하다. 순간 뒤돌아 볼 새 없이 전화를 걸었다.

다음 날 중고판매인들이 오더니 가볍게 피아노를 들어 쏜살같이 가져간다. 차에 실리는 피아노를 만지면서 "어디 정말로 피아노를 필요로 하는 집에 가서 사랑받고 잘 지내라." 하고 이별의 인사를 했다.

사람도 아닌 한갓 사물이건만 정情을 주고 오랜 시간을 함께 사니 사람보다 더 하구나 싶었다. 이래서 법정 스님이 아끼며 키우던

난을 다른 사람에게 주며 인간의 '집착과 무소유'에 대해 말씀하셨나보다. 하지만 나약한 인간이기에 어디 한 군데라도 마음을 붙이고 살고자 애쓰고, 쉬이 버리지 못하는 것 같다. 나는 어디에라도 기대어 이 삶의 무게를 조금이라도 덜어낼 수만 있다면 그도 딱히 나쁘지만은 않다는 생각이다. 사람이 사는 일이 힘들 때는 저 어두운 밤길을 환하게 밝혀주는 등불이나 망망대해의 칠흑 같은 바닷길을 인도해주는 등대의 빛줄기처럼, 지나가는 말 한마디에도 힘을 얻어 살아내기에….

퇴근한 남편은 이제 큰아들한테 어떻게 설명하지 한다. "뭐 장문의 편지를 써야지. 아냐. 훈련도 힘든데 말하면 속상하니까 백일 휴가 나올 때 잘 설명하지 뭐." 하고 큰소리를 쳤지만 속으로는 괜히 걱정이 앞선다.

허나 아무리 아끼는 피아노라도 가족의 건강보다 더 소중하랴. 큰아이도 분명 이해해 줄 것이다. 이런 저런 과정을 겪으면서 피아노는 지금 우리 집 식탁으로 변해, 리모델링한 집안 한 구석에서 멋지게 장식하고 있다. 식탁 위의 가족들의 즐거운 수다는 피아노 연주곡이 되고 있고, 나의 피아노를 위한 변명은 아직도 계속된다.

가을 이중주

가을이 오면 괜히 옆구리가 시리다고 하는 사람들이 많다. 대개의 경우 곁에 같이 있어줄 사람이 없는 나 홀로 인생들이 그러한데, 때론 이 옆구리가 서늘할 정도의 외로움은 가을만이 주는 선물이 아닐까 싶다. 가을이 오면 사람들은 떨어지는 낙엽을 밟으며 일부러라도 외로움을 느껴보려 하고 '삶이란 무엇인가' 생각하는 인생 철학자가 되기도 한다. 혹여 메마른 심장을 가진 이도 화려한 가을 단풍 앞에선 자기도 모르게 그 색깔만큼 진하게 물들기가 쉽고, 낙엽이 타는 냄새는 한 잔의 차를 생각나게 한다. 게다가 머플러를 두르고 바바리 깃을 올린 채 걸어가는 여인의 뒷모습은 풍경이 있는 한 폭의 그림이다.

하지만 이것은 가을에 대한 지나친 찬미일지 모른다. 참으로 옆구리가 미치도록 시린 이들에겐 화려하지만 진정 슬프고 외로운 시간들일 것이다. 일부러 고독을 느껴보려는 사람과 그 자체가 고독인 사람과는 종이 한 장과 콘크리트 벽만큼이나 큰 간격이 있다. 고독이란 말이 그저 관념적인 테두리 안에 있을 땐 멋져 보일 수도 있지만, 현실에서 그것을 온 몸으로 느끼면 산다는 것은 외롭고 힘든 일이기 때문이다.

글을 쓰는 사람에겐 자의든 타의든 무엇보다 고독이 필요하다. 그래야 홀로 마음의 기氣를 모아 한 줄의 글이라도 쓸 수 있기 때문이다. 허나 바삐 돌아가는 세상 속에서 진정한 고독의 시간을 얻어내기란 쉽지 않다. 인림人林의 광장이 아니면 칩거의 밀실 속에 갇히기 때문이다. 고독이란 그런 공간 속에조차 속해 있지 않은 순수한 감정이요, 유유히 사람의 내면을 돌아드는 물줄기이다. 그러나 현대인들은 고독이란 감정을 어쩌면 잃어버린 지도 모른 채 살고 있는지도 모른다. 그들은 그저 바삐 걸을 뿐이다.

이제 나는 학창 시절, 독신주의자로 살면서 이 인간의 절대 고독을 느끼고 독립적인 존재로 살고 싶어했던 감상주의적 생각을 멀리한다. 우리 시대엔 그런 생각은 낭만에 가까웠고 아름다운 꿈이자 환상이었다. 나이가 차면 으레 여자란 결혼을 해야 하고 아이를 낳아 기르는 전형적인 삶이 당연하게 생각되었기에, 그런 독신주의는 뭔가 지적이고 현대적인 여성의 삶의 모습으로 보였다. 자기만의 삶을 충실하고 독립적으로 살아내는 당당함이 멋있었다.

나도 한때 그런 생각을 마음에 품었다. 친구들 중에는 내가 결혼을 한다고 했을 때 "너만은 결혼 안하고 커리어 우먼으로서 홀로 멋지게 살 줄 알았는데…" 라고 했다. 양 어깨에 바람을 잔뜩 넣고 다니던 나는 그녀들에게 헛된 환상을 심어준 장본인이었던 모양이다.

우리나라의 싱글들의 수가 600만을 넘어섰다고 한다. 영국에서는 머잖아 싱글 가구 수가 전체 가구의 절반을 넘을 것이라는 기사를 보며, 이 문제가 더 이상 남의 나라 일이 아님을 느낀다. 이제 미혼의 젊은이들이나 돌아온 싱글들, 홀로 된 노인 싱글들이 새로운 가족 형태로 분명 자리를 잡고 있고, 옛날에 비해 두 배의 인생을 살아야 하는 노령화 사회로 가고 있다. 새로운 인생의 시퀀스가 저편에서 우리들을 기다리고 있는 셈이다. 하지만 나는 앞으로의 인생 계획을 뚜렷하게 세워놓은 것이 없이, 먹고 산다는 핑계로 그저 하루하루를 인생 샐러리맨으로만 살아간다.

삶을 구성한다는 것이 무슨 작품 구성하는 것처럼 이렇게 저렇게 해볼 일이 아니고 계획대로 살아지는 것도 아니지만, 생각해보면 참 무방비요 무대책이며 낭만이 없는 나날이다. 호화 요트를 타고 남태평양으로 대서양으로 세계 여행을 나아가보든지, 농촌에 가서 흙냄새를 맡으며 여생을 보내고 싶다든지 하는 생각마저도 나는 어느 샌가 잃어 버렸다. 그런 생각을 하기에 너무 현실적이고 잡다한 인생사에 시간을 저당 잡히고 말았다. 아니 나는 그런 꿈들이 우리가 살아가야 할 삶의 구체적인 모습이 아니란 사실을 일찌감치 깨달아버린 어른이 되고 말았다.

올더스 헉슬리는 《멋진 신세계》에서 가족의 개념이란 이제 더 이상 존재하지 않으며, 가장 큰 욕이 '어머니를 가진 놈'이라고 할 정도로 남녀의 사랑을 통해 아이를 낳고 가정생활을 하는 현재 우리들의 삶의 형태를 '야만인들'이라고 묘사한다. 그 세계에는 혈연으로 인한 고통이나 끈끈한 정이 필요하지 않으며, 어떠한 인간의 고통도 '소마'라는 한 알의 약으로 다 해결한다. 거기에는 가족의 단위가 아니라 그저 한 '개인들'이 있을 뿐이다. 그는 그렇게 미래의 세계를 예언했다.

전 세계적으로 싱글의 숫자가 늘어 간다는 신문의 통계를 보며, 나는 이 세상이 어찌 되려나 싶어진다. 설마 하늘이 무너지랴, 사람이 얼마나 위대하고 아름다운 존재인데 그렇게까지 가랴, 하고 말을 삼키지만 생각의 그늘은 여전히 남는다.

지난봄, 나는 석 달 남짓 앓았다. 남들의 얘기를 들어보니 영락없는 갱년기의 증상들이다. 낙엽 떨어지는 가을도 아닌데 괜히 슬프고 외로웠다. 나이를 다 잊어먹고 처녀 시절의 연애 감정으로 돌아가고 싶었다. 그래서 바빠 죽겠다는 남편을 꼬득였다. 매일 허드레옷을 입고 저녁에 집에서 만나는 것이 싫으니, 제일 좋은 옷으로 차려 입고 단 둘이 레스토랑에 가서 촛불도 켜고 와인도 한 잔 마시고, 기분이 나면 호텔이라도 하루 빌려 신혼 기분을 내보자고도 했다. 아님 덕수궁 돌담길이라도 걷든지 달콤한 메시지를 시시각각 날려 허전한 마음을 채워 달라고 졸랐다. 남편은 자주 어이없는 표정을 했고, 나는 유치한 줄 알면서도 그런 짓을 계속했다.

세상에서 둘째가라면 서러워 할 정도로 바쁜 이 나라의 산업 역군인 남편과 위기의 중년 주부를 시작한 나는 그렇게 석 달을 살았다. 겨우 석 달 만에 시시하게 그 막을 내리고 말걸, 중년의 사랑이니 연애 감정이니 뭐니 하며 부산을 떨었다. 지금 생각하면 낯이 붉어질 일이지만, 나는 지금도 '그건 내 마음이 아니라 호르몬 탓이야'라고 핑계를 대며 스스로를 위로한다.

우리 부부는 이제 인생의 가을에 접어들었고, 그 가을이 얼마나 깊게 무르익을지 알 수 없다. 함께 산다고 해서 외롭지 않은 것도 아니고, 혼자 산다고 해서 딱히 외로운 것도 아니리라. 다만 나는 결혼을 선택해 이렇게 가족을 이루고 살고 있으니 서로 위로를 받으며 걸어가는 것뿐이다.

날고 싶다는 욕망 때문에 날개가 있던 자리가 가려웠던 것처럼, 살고 싶다는 마음에 나는 오늘도 고독의 빈자리를 자꾸 채워 넣는다. 때론 연습이 부족해 불협화음을 내기도 하지만, 우리에게 다가온 이 가을에 멋진 이중주를 연주하기 위해서 남편과 나의 손발은 참으로 오랜 시간 동안 부르터야만 할 것 같다.

겨울이 지나면,
봄은 또 오겠지

지난겨울은 참으로 힘들었다. 아무리 힘든 일이라도 시간이 흐르면 추억이란 이름으로 남기 마련이지만, 자식 문제라 그런지 유난히 더 했다.

어느 정도까지야 하고 믿었던 아들아이의 수능 성적표를 받아본 순간 내 심장은 그냥 멈추고 말았다. 기가 막혀서 성적표를 몇 번씩이나 들여다보는데, 아들아이가 옆에서 혹 인쇄가 잘못된 거 아닐까 하며 고개를 떨군다. 오죽 답답하면 저러랴 싶기도 하고 괜히 못나 보이기도 해서, 등판을 한 대 쳐주고 돌아서는데 눈물이 혹 쏟아진다.

결국은 대학입시 프로그램에 따라 시험을 치르고 발표를 기다리면서 4개월을 보냈다. 혹여 대학에서 추가 전화라도 올까 하여 어디 제대로 나다니지도 못하고 전화통만 안광眼光이 철徹하도록 쳐다보다가, 나중에는 열도 나고 기진맥진하여 돈 떼어먹고 달아난 원수를 보듯 쌍심지를 돋우었다. 그러다가 아들아이와 눈이 마주치면 서로 계면쩍어 웃고 말기를 몇 번이나 했던지, 지금 생각하니 한 편의 코미디이다.

사랑이란 게 원래 그렇긴 하지만 특히 자식에 대한 부모의 마음은 교양을 떠나 단순 무식할 정도로 막무가내인 것 같다. 아니면 나의 지나친 집착일지도 모른다. 인정하긴 싫지만 분명히 그런 점이 있다. 왜 그런지 모르지만 이상스레 큰아이한테 신경이 많이 쓰인다. 그러는 통에 남편과 둘째 아이의 원성을 들은 게 한 두 번이 아니다. 그런데도 그 버릇이 잘 고쳐지질 않는다.

큰 아이를 가졌을 때 앞에 두 번을 유산한 뒤라 거의 1년을 전전긍긍 조바심을 내며 보냈다. 태교는 둘째고 그저 별 탈 없이 어미 뱃속에서 무사히 잘 나와 주기만 바랐다. 남편은 어디서 듣고 와선 출근 전에 정한수를 떠 놓고 기도를 했다. 그 덕인지 무사히 세상 밖으로 나왔고, 그 어렵고 힘들게 얻은 아이가 대학 시험까지 치르게 된 것이다. 그때를 생각하면 그저 건강하게 자라나 준 것만 해도 감지덕지해야 할 지경인데, 뒷간 들어갈 때와 나올 때가 어찌 이리 다른지. 인간의 욕심이란 게 끝이 없는 모양이다. 세상만사 마음먹기라는 데 그 형체도 모르고 존재도 모르는 욕심이란 놈한테 붙잡혀 마냥 속을 끓이는 게 한심스럽다.

뒤돌아보면 아이가 대학 진학을 실패한 것은 부모의 욕심 때문이라고 해도 할 말이 없다. 조금 낮은 데라도 괜찮으니 가라고 했으면 아이가 받아들였을 것 같다는 생각이 나중에야 들었다. 부모와 세상 눈치를 보느라 그랬는지 제 자존심 때문인지 알 수 없지만 아들아이는 차라리 재수를 하겠다고 덤볐다. 무언의 압력에 그 힘든 길을 가기로 한 것이라면 부모가 자식에게 협박을 한 것이나 다름없다.

세상의 눈치를 보지 않았다면 성적이 나온 대로 보내면 그만이다. 어디 간들 자기만 잘 하면 될 것이고, 학교에 따라 인생이 펼쳐지는 것도 아닌데 말이다. 그런데도 그렇게 하질 못했다. 인생의 단순한 진리를 뻔히 눈앞에 보면서도 인간의 욕심 때문에 외면하고 만다. 남의 집 문제일 때는 잘도 떠들더니만, 자기 문제에 대해서는 이렇게 쉽게 눈 가리고 마는 게 부모들의 고질병인가. 심한 스트레스에 시달리면서도 사서 하는 고생이라 남한테 내색도 못하고 내내 앓았다.

하지만 그 깊은 내면에 소리 없이 나를 괴롭힌 것은 상대적 열등감이었다. 누가 일류 대학에 갔다더라 하는 소리를 들으면 한 손으론 축하하고 한 손으론 눈물을 닦는 꼴사나운 짓을 한참 동안이나 했다. 이래 가지고 무슨 올바른 부모 노릇을 하겠다는 건지 한심하고 창피해 스스로 쥐구멍이 필요했다.

주위에선 재수가 필수니 고등학교 4학년이니 하고 위로를 했다. 지나고 보면 그건 아무 것도 아니고 앞으로 취직이니 결혼이니 끝도 없이 높은 산이 많다는 선배들의 엄포도 들었지만, 힘이 들어 어깨를 늘어뜨리고 들어오는 아이를 보면 가슴이 철렁하다. 남한테는 그렇게 쉽게 훈수를 두더니만 내 문제가 되니 손톱 밑에 낀 가시처럼 마음이 찔린다.

그렇게 시작한 아들아이의 재수생활이 세 달이 지났다. 이젠 자기도 어쩔 수 없는지 정말 못하겠다는 얘길 덜 해댄다. 그만해도 나는 숨통이 트이고 살 것 같다. 이젠 군소리 없이 학원에 잘 다녀주고 공부하는 게 고맙기까지 하고, 누군가의 재수 성공담에 마음을 기울이기도 한다. 온갖 빙충맞은 짓은 혼자 다한다고 흉을 봐도 사실 어쩔 도리가 없다.

이렇게 아들의 대학입시 체험기를 통해 나는 또 인생의 귀한 경험과 교훈을 배운다. 인생이 그럭저럭 잘 나간다 싶을 때 신神은 우리에게 시련이란 걸로 인생에 대한 경계심을 깨닫게 하고, 제 잘난 독불장군으로 나아가지 않게 잘 붙잡아 주는 것 같다. 게다가 고통을 통해 정신을 단련하고, 인생에 대해 좀 더 겸허해지며, 성숙의 계단으로 한 발자국을 내딛게 하는 힘을 기르게 한다.

어쩌면 이때쯤 우리에게 그런 경험이 필요하여 기회를 준 건지도 모른다. 과천이라는 작은 동네만 알고 지내던 아들아이는 전국 각지에서 몰려든 학원 아이들을 통해 새로운 사람들과 또 다른 세상을 매일매일 보고 듣고 온다. 아들아이가 하는 이야기를 들으면서 '아, 저렇게 애들이 세상에 대해 눈을 뜨고, 살아가는 법을 배우고, 극복할 힘을 기르는구나.' 하여 간간히 뭉클해진다.

인생에서 겪는 경험은 어떤 것이라도 소중하다. 그래서 잃은 것이 있으면 얻는 것도 있다고 하나보다. 지난겨울이 어렵고 힘들었던 만큼 아들아이에게 화창한 봄날이 어서 왔으면….

봄날

가는 세월을 그 누가 잡을 수가 있으며, 오는 세월을 뉘라서 막을 소냐. 길고 긴 겨울은 이제 새로운 손님을 맞아 자기 자리를 기꺼이 내주고, 아름다운 그림자를 길게 남기며 사라질 채비를 하고 있다. 그 사이 생명의 봄이 대문 한쪽 문을 살며시 열고 한쪽 발을 들이민다. 어느새 온 집안은 봄의 향기로 그득해진다. 그 봄 향기에 온몸이 잠시 아찔해진다.

봄은 2월부터 시작되는 모양이다. 우리 집 탁자위에 놓인 청첩장이 그새 다섯 통이다. 옛날엔 영화 속에서나 봄 직했던 화려하고 우아한 결혼 청첩장을 보며 나는 잠시, 눈을 감는다.

오! 봄이로군!

인생의 봄을 시작하는 이들의 축가 소리가 귓전에 울리고, 나는 어느새 힐끗힐끗 세기 시작한 머리를 다듬으며 거울을 바라본다. 거울 속의 나는 돌아와 앉은 내 누님이 아니라, 한 남자의 아내와 두 아들의 어미일 뿐이다. 인생, 그 가을의 숲을 지나고 있는 여자이다.

르네 마그리뜨의 〈레디메이드 부케〉라는 한 폭의 그림이 떠오른다. 벨기에의 초현실주의 화가인 그의 이 그림에는 중절모를 쓴 정장의 남자가 뒷모습을 남기며 가을 숲을 지나가고 있고, 그 남자의 등에서는 한 여자가 걸어 나오고 있다. 보티첼리의 〈프리마베라〉에 나오는 바로 그 봄의 여신이다. 양립할 수 없는 두 개의 사물이 한 그림 안에 사이좋게 들어가 있다.

그가 그린 이 그림의 의도가 어떻든 간에 나는 그 속에서 인간의 양립할 수 없는 갈등의 이미지를 본다. 거기엔 가을에 속해 있으면서도 봄을 그리는 인간의 무한한 욕망이 들어 있다. 봄의 한가운데 있는 이들은 봄을 잘 느끼지 못하리라. 허나 가을의 낙엽 타는 냄새 속에 서 있을 때 잃어버린 봄의 싱그러운 향기가 사무치게 그리워 질 것이다.

어느 봄 날, 나는 인생의 봄날에 대한 설렘과 기대를 안고 남편과 함께 청첩장을 만들고, 결혼식장을 예약하고, 사랑의 징표인 반지를 고르러 다녔다. 손위 시누이가 결혼한 지 1년도 안 된 터라 결혼은 화려하게 할 형편이 아니었지만 우리는 드디어 같이 살게 된다는 생각만으로 마냥 좋았다. 철이 없는 신랑신부는 지상의 방 한 칸으로도 충분히 행복했다.

흰 면사포를 쓴 내가 결혼식장에서 얼마나 떨었는지 친정아버지는 주례사고 뭐고 당신 딸이 식장에서 쓰러지는 것은 아닌가하여 내내 가슴을 졸였다고 하셨다. 지금은 사라진 종로 예식장은 오늘날 결혼식장에 비하면 참으로 촌스러운 구석이 많은 장소였다. 조금 세련된 결혼식장에서 하고 싶었던 신부의 마음과는 달리, 어른들은 하객들이 오기 쉬운 종로 한복판에서 해야 한다고 하여 입을 내밀었던 기억도 떠오른다.

아마 그런 전통적인 구식의 결혼식장 모습은 내 시대가 거의 마지막이었던 것 같다. 요즘의 결혼식은 거의 한 편의 드라마요, 드라마틱한 이벤트로 화려하게 구성된 연극무대이며, 하객들은 거의 수준급의 엑스트라이자 세련된 관객이라는 이중 배역을 맡아야 한다. 오색의 조명 속에 펼쳐지는 결혼식은 옛날엔 영화 속이나 상상 속의 한 장면일 뿐이며 굉장한 재력가가 아니면 꿈도 못 꾸어보는 그런 멋진 모습들이다. 이젠 그 모든 일들이 현실에서 이루어진다.

그런데 웬일인지 그런 결혼식장을 돌아다니다 보니 조촐하고 촌스러웠던 옛날의 결혼식장들이 그리워진다. 거기엔 화려한 이벤트는 없지만 한 그릇의 갈비탕 국물만큼이나 뜨끈한 그 무언가가 있었다. 결혼식장보다는 사람들의 모습이 더 또렷이 보이고, 화려함이 주는 비릿한 슬픔보다는 누렇게 바랜 한 장의 가족사진 같은 그리움이 남아 있다.

하지만 어떠랴. 그들만 행복하다면 나는 기꺼이 축복의 박수를 칠 것이다. 아니 그보다는 그들 앞에 놓인 길고 긴 인생을 잘 견디어 내고, 끝까지 사랑을 잘 지키라고 뜨거운 박수를 아끼지 않을 것이다. 검은 머리가 파 뿌리가 되도록 사랑하는 것이 아니라, 흰 머리를 서로 염색해주며 나이 들 때까지 서로를 아끼라고 하고 싶다.

노년의 시기가 길어지면서 이제 우리들의 인생은 과거에 비해 한 시퀀스가 길어진 셈이다. 40대를 기점으로 하여 제 2의 인생이 시작되는 시대에 나는 살고 있다. 그러고 보면 나도 이제 겨우 열 살에 불과한 나이라고 할 수 있으니 못할 것이 없다는 생각마저 든다. 새로운 세계에 대한 도전, 열정, 일, 글쓰기, 책 읽기, 사람과의 관계….

봄날이 간다.

무정하게 스쳐가는 봄날을 보며, 가을을 얘기하기엔 아직은 너무 이른 게 아닌가 하는 생각이 자꾸 든다. 그대, 아직도 봄이 그리운가.

11년 만에 두 번째 수필집 《그대, 바람에 스치다》를 낸다.

그 시간들 속에 내겐 많은 일들이 있었고, 세상도 그랬다. 바람이 거칠거나 서늘하게 혹은 싱그럽게 스쳐 지나가기도 했고, 때론 내가 먼저 다가가 바람을 고스란히 맞기도 했다. 삶의 긴 통로엔 언제나 짐작할 수 없는 바람이 불었다. 오랜 뒤에 알았다. 식물이 자라기 위해선 때론 햇빛보다 바람이 더 필요하다는 것을….

다음의 시간들은 또 어찌 될지 아무도 모른다. 그러나 좀 평온했으면 좋겠다. 한없이 느리고, 조용히 흘러가길…. 시간에 쫓기지 않고 책의 한 줄 한 줄을 새기며 읽고, 하루에 한 곡의 음악에게만 마음을 주고, 나지막이 생각하고, 한 발자국씩 천천히 내가 사는 동네 길을 걷고, 그러다 다리가 아프면 길가의 작은 찻집에 들어가 차를 마시며 오래도록 창밖을 내다보거나, 바람의 향내를 맡으며 사람들의 이야기를 손 안에 담아 보고 싶다.

이 책은 각 장마다 현재에서 과거로 가는 시간여행으로 구성되었다. 이제 지난 11년의 내 삶의 이야기들을 떠나보낸다. 저기, 새로운 시간들이 이미 와 기다리고 있으니….